DES LIONS ET DES HOMMES

• NOUVEAUX DÉFIS À VALRÊVE •

FLEURUS

Illustration de couverture : Christopher Evans

Direction : Guillaume Arnaud, Guillaume Pô
Direction éditoriale : Sarah Malherbe
Édition : Anna Guével, assistée de Lucie Cendrier

Direction artistique : Élisabeth Hébert
Conception graphique : Séverine Roze

Direction de la fabrication : Thierry Dubus
Fabrication : Marie Guibert

Site : www.fleuruseditions.com
ISBN : 978-2-2151-3582-1
MDS : 592 592

ANOUK JOURNO-DUREY

DES LIONS ET DES HOMMES

• NOUVEAUX DÉFIS À VALRÊVE •

FLEURUS

À toi qui lis ces lignes :

Si tu as ouvert ce livre, c'est que tu aimes les animaux. Mais que signifie « aimer les animaux » ? Dans mon rêve, on les considère comme des amis de l'humain, on les respecte, on ne les traite pas comme des choses, ni comme des peluches, on n'en dispose pas comme d'un meuble décoratif ou utile... Dans mon rêve (en partie devenu réalité), on respecte et on écoute les émotions des animaux, qu'ils soient petits ou grands, sauvages ou domestiques.

Si, de plus, tu es sensible à la poésie de la nature, et des sentiments qui se découvrent peu à peu, alors tu devrais voyager au fil de ces pages... Et je te donne rendez-vous sur le blog www.deslionsetdeshommes.com

⁂

Je dédie ce livre aux animaux sauvages...
Et particulièrement aux lions, espèce aujourd'hui menacée.

« – Pourquoi vous occuper des animaux alors qu'il y a
tant de misère et de souffrance chez les humains ?
Cette phrase, Pierre, vous avez dû l'entendre à maintes reprises,
prononcée par certains de vos détracteurs.

– Oh que oui ! Et je réponds toujours par une autre question :
pensez-vous que les hommes seraient plus heureux
si les animaux disparaissaient ? »

Extrait de l'interview de Pierre Thivillon[1] par Philippe Beau
dans *Maman, pourquoi le monsieur y parle aux singes ?*[2]

*
**

« Le courage est chez les animaux une qualité naturelle…
Chez les hommes, la franchise est carrément contre nature. »
L'Intelligence des animaux, Plutarque

1. Fondateur, avec sa femme Éliane, de l'espace zoologique de Saint-Martin-la-Plaine et de l'association Tonga Terre d'accueil, refuge pour animaux sauvages.
2. Éditions du Poutan, 2015, préfacé par Brigitte Bardot.

Je remercie :

Sébastien Pouvreau, soigneur animalier,
membre de l'Afsa (Association francophone des soigneurs animaliers), pour son soutien et ses conseils.

L'équipe éditoriale de Fleurus qui m'a encouragée durant l'écriture : Sarah, Anna, Marine… ainsi que celles et ceux qui porteront ce roman engagé auprès des lecteurs.

Paul de La Panouse, fondateur de la réserve africaine du Château de Thoiry, qui a si gentiment accepté de répondre à mes questions.

Valérie Kay, généreuse et efficace...
Mention spéciale à mon clan familial, ma « tribu », Benoît, Alexis... Et mon cousin Philippe, « lion au grand cœur » ; sans son aide, je n'aurais pas pu continuer à écrire ces derniers mois.

PREMIÈRE PARTIE

De mensonges en secrets,
tisser un fil à partir de rien…
Puis couper si besoin.

CHAPITRE 1

De cœur et d'os

Son regard n'a pas changé…

Immobile, empli d'émotion, Jawau contemplait la belle lionne en se répétant ce qui, pour lui, était clair comme l'eau de la rivière de Wild Field.

Son regard d'ambre, pailleté de lumière…

Jawau s'accroupit devant la clôture. De l'autre côté, dans sa loge au sein de la « maison des lions », Gala venait de détourner la tête, contemplant fièrement les trois petits qui la tétaient : Gold, le mâle, Whyla et Samba, les femelles, maintenant âgés de quatre mois. Ces lionceaux vigoureux, si vifs et souples, ressemblaient à d'immenses chats d'une vingtaine de kilos.

Leurs grosses pattes griffues pouvaient déjà déchiqueter la main d'un homme...

Ou lui offrir une caresse de velours ; comme Gala autrefois... s'ils apprenaient.

Sauf que la règle était stricte : tout contact direct était formellement interdit. Un bébé fauve touché par les humains aurait toujours beaucoup de difficultés, ensuite, à s'intégrer dans son groupe, et ce, où qu'il soit. Il perdrait, en quelque sorte, des éléments invisibles à l'œil humain, impalpables, de sa pleine nature sauvage. Gala en était la preuve vivante : sans le secours de l'équipe de soigneurs kényans de Wild Field, puis ceux du refuge de Valrêve, elle ne serait plus de ce monde.

Jawau reporta son attention sur Gala qui, à présent, fermait les paupières, appréciant les doux rayons du soleil hivernal. Non loin, le lion Tilly gardait la pose du sphynx, comme bien souvent. Le vieux mâle à moitié aveugle restait majestueux avec sa crinière couleur paille et son impressionnant poitrail.

Imprègne-toi de leur force...

Jawau sourit. Oh oui, il garderait à l'esprit ces images de la famille des félins pendant la longue journée qui l'attendait au collège. Qu'il s'ennuyait en classe ! Malgré ses efforts – et ils étaient sincères, aussi nombreux que vains –, les cours le laissaient insensible, à l'exception de ceux de SVT et de sport. On aurait pu croire que la brousse, la vie sauvage et la luminosité du Kenya lui manquaient toujours autant… Bien sûr, c'était vrai, même s'il commençait à s'adapter à sa nouvelle vie en France. Mais en réalité, là-bas, en Afrique, il affrontait déjà ce problème très simple : être enfermé entre quatre murs, pendant des heures, cela l'oppressait. Il s'efforçait inutilement de trouver des trucs, des parades, pour tenir le coup ; néanmoins, ses notes s'en ressentaient. Moyenne générale pour l'instant ? 8/20, au grand désespoir de son père qui lui répétait que s'il voulait devenir soigneur animalier, comme Marco qu'il admirait tant, il faudrait qu'il travaille un minimum. Même s'il vivait à Valrêve. Même s'il était doué avec les animaux. Même s'il les aimait plus que de raison.

Heureusement, au refuge, Jawau pouvait oublier la pression scolaire et la sensation d'échec mêlée d'impuissance qui l'envahissait par moments. Lions, éléphants, loups, ours, chevaux, ânes, chimpanzés... Tous avaient besoin d'attention et de soins pour lesquels Jawau excellait, même lorsqu'il les accomplissait pour la première fois. D'instinct, il trouvait les gestes justes auprès de ces rescapés de cirques ou de laboratoires. Les animaux se remettaient tant bien que mal de longues souffrances, de sévices, d'une captivité insupportable. Pour l'instant, Gala, Tilly et les lionceaux étaient ceux qui s'en sortaient le mieux : ils avaient fondé leur clan familial – un heureux « accident » car ça n'avait pas du tout été prévu. Pourraient-ils jamais, un jour, vivre dans la savane ? Un refuge là-bas, en Afrique, comme celui de Wild Field ?

– Bonjour, Jawau...

Une voix grave interrompit ses pensées. Se retournant, l'adolescent croisa les yeux bleu acier du vieil Hugues qui s'approchait de lui. *Non, pas lui...*

– Bonjour.

– Tu ne vas pas à l'école, ce matin ? s'étonna le propriétaire de Valrêve.

– Si, mais je commence à 10 heures. Un copain m'emmène en scooter.

– Très bien...

Hugues Payens dévisagea Jawau quelques secondes, puis il effleura sa barbe blanche d'un geste embarrassé. Grand, robuste, en jean et surveste au-dessus d'une chemise à carreaux rouges et noirs, il se mouvait avec une étonnante aisance malgré son âge.

– Ça tombe bien, que je te rencontre. J'aimerais qu'on parle.

– Pourquoi ?

Depuis qu'il avait appris que l'homme, autrefois chasseur de trophées en Afrique, avait tué la mère de Gala, Jawau ne pouvait plus lui adresser la parole sans qu'une colère sourde coule dans ses veines. D'ailleurs, autant que possible, Jawau évitait de rencontrer Hugues et la femme de celui-ci, Madeline. Comme ils étaient voisins à Valrêve, ça devenait un défi quotidien !

– Pourquoi ? Pour clarifier les choses entre nous, répondit calmement le vieil homme. Je sais ce que tu penses de moi. Ta sœur aussi m'en veut. Je comprends, mais je voudrais qu'on réussisse à...

– Ne vous fatiguez pas, coupa Jawau. Mon père nous a bien expliqué que c'était pour vous faire pardonner que vous aviez créé ce refuge.

Il pensa simultanément à ce que son père ne leur avait toujours *pas* dit. Antoine Beaucaire avait promis de révéler l'intégralité du secret familial qu'il avait déjà eu tant de mal à partager avec ses enfants. Quand le ferait-il ? Comptait-il encore se défiler ?

– Pour me faire pardonner, en effet. Pour me racheter, ajouta Hugues.

Un voile de tristesse sembla traverser son visage ridé, mais Jawau n'éprouva pas la moindre compassion.

– Jawau, j'ai changé depuis cette sombre époque. Ce sanctuaire représente tout ce qui compte pour moi, aujourd'hui. Tout ce qui m'est le plus cher.

Jawau garda le silence quelques secondes, mal à l'aise.

– Bon, allez, message reçu, marmonna-t-il. Au revoir, monsieur.

– Voyons, ne m'appelle pas « monsieur »...

Il perçut le soupir d'agacement du vieil homme.

– Rester fâché n'est pas une solution. Ici, vous êtes mes invités, ne l'oublie pas.

– Et alors ?

Captant le coup d'œil perçant du vieil homme, Jawau réprima un frisson de culpabilité. Comme s'il avait mal agi, lui... Le comble !

– Vois la situation sous un autre angle : au nom de ta famille, il faut que nous tous nous fassions un réel effort pour nous entendre, que cela nous plaise ou non. Les circonstances sont assez difficiles comme ça, ajouta Hugues en gardant les yeux fixés sur Jawau.

Un regard de prédateur...

– On doit être solidaires, désormais, conclut-il.

– Mouais... La solidarité est un devoir, pour vous ?

Hugues fronça les sourcils.

– Tu ne partages pas mon avis ?

L'énervement gagna brusquement Jawau. Il n'avait aucune envie de continuer cette conversation, ni de se montrer bien élevé. *Maman, tu ne serais pas d'accord, mais tant pis...*

De toute façon, sa mère n'était plus là.

– Inutile que je réponde, assena-t-il. Bonne journée, monsieur Payens.

Et il s'éloigna vite.

Dans son dos, les yeux du vieil homme lui firent l'effet d'une brûlure. Ce dernier avait toujours insisté pour qu'on l'appelle par son prénom. Pour Jawau, ce n'était absolument plus possible. Au début, à son arrivée à Valrêve, il l'avait fait, d'abord par politesse puis avec l'espoir qu'un lien fort se nouerait peu à peu avec Hugues Payens qui semblait si gentil, si généreux. Oui, après tout, il les accueillait dans ce refuge, qui devenait aussi *leur* refuge, et il les hébergeait gratuitement en échange du travail qu'accomplissait le père de Jawau.

Cependant, nommer dorénavant Hugues par son prénom aurait signifié qu'il le considérait toujours comme quelqu'un qu'il aimait bien.

C'était loin d'être le cas.

Il le détestait.

Il aurait voulu lui pardonner, il aurait préféré tourner la page... Impossible. Malgré lui, il imaginait le fusil braqué sur la pauvre lionne qui avait mis Gala au monde. La chasse aux trophées existait toujours, en Afrique : cela coûtait et rapportait une fortune aux organisateurs et adeptes. Comble de l'ironie, dans certaines réserves, c'était le seul moyen de réussir à réintroduire des lions – espèce aujourd'hui menacée – en milieu naturel. Comme la population locale savait que les fauves représentaient de l'argent, ces derniers étaient acceptés et préservés... Jusqu'au coup fatal.

Un système horrible.

Empli d'émotions contradictoires, Jawau se mit à courir en direction du parking situé devant l'entrée du refuge. Par moments, il avait envie d'imiter Izia, qui avait osé fuguer quelques semaines plus tôt...

Le monde des adultes lui faisait souvent froid dans le dos.

Puis il pensa à Gala, à ses lionceaux, à Tilly, et sa colère s'évanouit presque miraculeusement. Pour eux, il surmonterait la cruelle désillusion que lui avait causée le vieil Hugues, et son propre père, qui avait caché la vérité. Pour eux, il accomplirait peut-être l'inimaginable. Il avait retrouvé Gala, *sa* lionne, et le rêve fou de s'approcher encore plus d'elle, *vraiment*, le tenaillait chaque jour davantage. Comme neuf ans auparavant, quand il la tenait sur ses genoux pour lui donner le biberon.

Ce rêve-là, insensé, il n'en parlait à personne. Ce serait comme décrocher la lune...

Plongé dans ses pensées, Jawau arpentait le parking de long en large, impatient, quand enfin Loop arriva en scooter, transportant une fille mince et menue derrière lui. Sous le casque de sa passagère, des boucles dorées s'échappaient.

Loop s'arrêta, releva sa visière et lança avec un large sourire :

– Hé, Jawau, il faut d'abord que j'emmène Lou ! Je voulais t'envoyer un SMS mais je n'ai plus de batterie. J'en ai pour dix minutes à peine, on ne sera pas en retard...

Lou était sa sœur ; demi-sœur, plus exactement, mais « Demi-sœur, ça ne veut rien dire, avait lâché Loop la fois où il avait évoqué Lou. Moitié humaine, genre... ».

Lou esquissa un signe amical et Jawau lui répondit, regrettant de ne pas voir ses yeux. De quelle couleur étaient-ils, déjà ?

– *No problem !* Merci d'être venu rien que pour me prévenir.

– De rien. À tout de suite !

Loop repartit en faisant volontairement pétarader le moteur. Amusé, Jawau le regarda s'éloigner. Leurs relations n'avaient pas bien commencé, ils s'étaient battus... Mais depuis qu'ils s'étaient expliqués, ça allait bien. Très bien, même. En fait, Bastien, alias Loop, était le seul en qui Jawau avait confiance. Peut-être parce qu'ils s'étaient mesurés, jaugés à la force de leurs poings. Aucun gagnant ce jour-là, sauf, sans doute, le démarrage d'une amitié totale, sans faux-semblant.

Jawau s'assit sur un banc et, tournant le dos à la grille de Valrêve, fit défiler sur son portable les dernières photos qu'il avait prises de Gala, Tilly et des lionceaux. Il les avait envoyées à ses amis au Kenya. Si seulement il avait pu passer la journée à s'occuper des animaux, comme Marco, le soigneur des félins du refuge ! Il en avait déjà assez du collège alors qu'on était à peine en décembre...

Puis il pensa à Lou. Dire qu'elle était déjà au lycée ! Ils ne s'étaient rencontrés que trois ou quatre fois, avec Loop, mais ils avaient échangé quelques mots. Il avait aimé son sourire et l'énergie qu'elle dégageait. C'était une adepte de l'escalade et de la gym acrobatique, qu'elle pratiquait avec son petit copain. L'information venait de Loop, qui adorait visiblement sa sœur. Lou, la surdouée, déjà en seconde à quatorze ans !

Jawau songea alors, dans un élan d'humour un peu ironique, que même si elle avait été libre, il n'aurait probablement pas su attirer son attention. Il savait chuchoter à l'oreille des éléphants, des lions... mais pas à celle des filles.

*
**

Mots sucrés-salés

Un joyeux brouhaha s'élevait de la cour du collège. Aux quatre coins se dressaient des arbres massifs, aux branches noueuses tels de vieux alligators géants : des tilleuls sans feuilles. Le ciel était gris-blanc, bas, un vrai ciel d'hiver comme dans les albums illustrés qu'Izia lisait petite.

Survolant du regard la foule d'élèves, Izia se sentit seule, mais une fois de plus, elle s'efforça de ne pas le montrer. Bientôt, d'ici quinze jours, ce serait Noël...

Elle redoutait ce moment.

Chaque année, dorénavant, c'était pareil.

Le monde à l'envers.

Avant, quand sa mère était en vie, Noël se préparait longtemps à l'avance, avec des décorations scintillantes dans les arbres qui entouraient leur maison, un lodge à l'architecture typique de la savane africaine : de plain-pied, en bois, avec des ouvertures partout pour que l'air circule et des terrasses permettant d'admirer la faune et la flore. À Wild Field, la nuit, les tamariniers, les flamboyants et les palissandres s'illuminaient de lampions multicolores. Une fois, Bakota, le lémurien de Jawau, alors tout jeune, s'était suspendu à l'un des fils électriques... Afin d'éviter court-circuit et accident, il avait vite fallu tout éteindre, le temps qu'il redescende ! Puni, le petit primate malicieux et ultra-intelligent n'avait jamais recommencé...

Décembre, au Kenya, était synonyme de joies partagées et de cadeaux simples : un bouquet de fleurs parfumées, des gravures sur des découpes de bois de rose ou d'okoumé, des pastels ou des samoussas fourrés à la viande et aux légumes épicés, concoctés avec Fati, leur adorable nounou. La cuisine devenait plus vivante que jamais... Et comme ça sentait bon !

Mais ici, comment sera Noël ?

La gorge nouée, Izia regardait distraitement ce qui se passait autour d'elle. Certains jouaient au ballon – Jawau devait se trouver sur le terrain équipé de buts –, d'autres au ping-pong. De petits groupes se formaient, filles et garçons ensemble ou séparément, et ils riaient... Vicky bavardait avec son cercle de copines. Ses longs cheveux bruns étaient noués en un chignon haut sur le crâne. Elle portait un jean étroit et une doudoune rose. Elle crânait et, malgré ses bagues dentaires, faisait des envieuses parce qu'elle arborait une silhouette fine... et de la poitrine.

Détournant le regard, Izia résista à l'envie de hausser les épaules avec dédain. Elle avait compris : ici, l'image qu'on donnait de soi était importante ; l'apparence. Il fallait *avoir l'air* à la mode, bien dans sa peau même si c'était faux et, à ce moment-là, on devenait *populaire.* D'ailleurs, la popularité se mesurait au nombre de bises qu'on recevait le matin, en arrivant. Oh, Izia était prête à en prodiguer, des bisous amicaux... Mais bizarrement, lorsqu'elle franchissait la grille du collège, rares étaient ceux ou celles qui croisaient son regard.

Un jour, ça changera...

Se répétant cette affirmation, comme pour mieux se convaincre elle-même, Izia s'assit sur un banc et sortit le carnet à couverture violette dans lequel elle consignait ses pensées. Le stylo, un feutre mauve, était inséré dans les spirales afin d'être instantanément sous ses doigts. Elle n'aimait pas le chercher dans son sac, ça coupait son élan.

Écrire lui donnait un but et une étrange force intérieure. Tant pis si les autres ne venaient pas vers elle, et tant pis si, pour le moment, elle n'avait pas d'amies. Il faut dire qu'elle n'était pas au collège de Tourlon depuis longtemps ! C'était un petit établissement du fin fond de la Normandie, où la plupart des élèves se connaissaient depuis la maternelle. Forcément, à leurs yeux, elle qui était récemment arrivée du Kenya devait représenter une sorte d'extraterrestre ! Elle finirait bien par se faire accepter... avec le temps.

Izia cala son carnet sur ses genoux, resserra son écharpe et regretta de ne pas porter de gants. Le froid était piquant, presque brûlant !

Elle voulut tracer un premier mot, mais le stylo ne marqua pas. Elle le secoua, réchauffa la pointe en soufflant dessus : de la vapeur blanche se forma autour. Drôle ! Elle répéta l'opération magique et, enfin, les lettres glissèrent sur la page, un peu tremblantes et de travers.

« Vicky avait l'air sympa, elle est venue parler avec moi comme si... Mais c'était faux ! »

Izia sentit sa gorge se nouer tandis que le souvenir de leur dispute lui revenait à l'esprit. Déjà, il y avait eu l'incident des bonbons. Vicky ne l'avait même pas défendue ! Ensuite, alors qu'elles préparaient un exposé ensemble, Vicky avait joué à la chef. Izia s'était insurgée... Et Vicky lui avait lancé un « De toute façon, avec des filles comme toi, on a toujours des problèmes ». Qu'est-ce que cela signifiait ? Était-ce une allusion raciste ? La peau brune d'Izia dévoilait clairement son métissage, de même que ses cheveux noirs aux boucles serrées qui frisaient trop à cause de l'humidité ou de la pluie... Et dans cette région, il pleuvait beaucoup !

Izia jeta un coup d'œil en direction de Vicky qui, à cet instant, riait aux éclats.

« Ses trucs métalliques sur les dents lui donnent l'air d'un vampire. L'hypocrite... L'Hypocrotte ! »

Ce surnom, imaginé à l'instant même, la fit sourire.

« Hypocrotte et son blouson rose bonbon comme ceux qu'elle n'a pas pu avaler ce jour-là... Ah, ah ! Hypocrotte et

ses horribles baskets rose bonbon aussi, genre elle se croit la plus belle... »

– Hellooooo ! lança une voix claironnante, tirant brusquement Izia de ses pensées.

Kenji se tenait en face d'elle, les yeux pétillants, ses cheveux blonds en bataille.

Un grand « Petit Prince »...

Izia referma aussitôt son carnet et sourit. En fait, si, elle avait un ami : Kenji. Et il en valait dix ! C'était grâce à lui, et à son chien Skill, un beau berger allemand à poils longs qui ressemblait à un loup, que sa fugue au fond de la forêt interdite ne s'était pas trop mal terminée.

– Hello ! Ça va ?

– Nickel, oui. On joue au basket avec des copains, tu viens ?

Izia n'hésita pas une seconde.

– *Yesss !*

Elle rangea précipitamment son journal dans son sac et emboîta le pas à Kenji. Lancer un ballon, courir, elle adorait. C'était comme lorsqu'elle montait à cheval ou qu'elle s'occupait des ânes et des chevaux de Valrêve : elle oubliait ses tracas...

« Et ça me réchauffera ! » se dit-elle en se frottant les mains.

La partie ayant déjà commencé, Izia se joignit à l'une des deux équipes après de rapides présentations. Il y avait davantage de garçons que de filles, elle ne connaissait personne, mais elle fut bien accueillie et participa avec énergie. Passer, faire écran, guetter, passer de nouveau, bondir... Et hop là ! Focalisée sur le jeu, Izia lança le ballon droit dans le panier. Pile.

– Carrément, un shoot à trois points ! s'exclama Kenji admiratif. Tu nous le refais ?

Izia sourit, envahie par une soudaine bouffée de fierté.

– C'était de la chance...

Les autres joueurs l'acclamèrent, et la partie continua. À un moment, Kenji et deux autres garçons furent appelés par le surveillant pendant quelques minutes, mais le jeu se poursuivit, et lorsqu'ils revinrent, ils reprirent de plus belle avec les autres.

Izia redoubla d'entrain. Le ballon semblait voler, les rires fusaient, elle faisait partie de l'équipe gagnante… Déplacements, lancers, bonds… Cela lui semblait si facile. À Wild Field, elle avait joué au foot, au hand, au volley… Elle grimpait aux arbres avec Jawau, sautait par-dessus les buissons en suivant une antilope ou un zèbre venus brouter non loin de leur lodge. *« You're a tomboy, darling ! »*[1] répétait affectueusement sa mère, avant d'ajouter qu'elle aussi, autrefois, était sportive.

Quand la cloche sonna, Izia échangea un check avec tout le monde.

– C'était super, dit-elle, reconnaissante, à Kenji.

– Reviens avec nous quand tu veux… Tu assures !

Le sourire aux lèvres, Izia récupéra son sac qu'elle avait lancé sur un banc, au bord du terrain. Dans sa hâte de participer au match, elle ne l'avait même pas fermé : un cahier et sa trousse avaient glissé par

1. Tu es un garçon manqué, ma chérie…

l'ouverture, manquant de tomber sur le sol. Elle les fourra à l'intérieur et, le cœur nettement plus léger qu'avant la récréation, retourna en classe.

CHAPITRE 2

Une quête en cache une autre

– Il n'est pas question que mes enfants se lancent dans cette recherche fantasmagorique, répéta le Dr Antoine Beaucaire à Hugues Payens. Le trésor des Templiers qui serait enterré par ici, c'est une chimère… Une légende vieille comme le monde !

– Et alors ? Les légendes n'existent qu'à partir d'une certaine réalité, pas vrai ? objecta son cousin. On raconte que je suis un descendant des chevaliers du Temple…

– Oui, notre arbre généalogique le prouve. Ton nom aussi, mon cher cousin, admit Antoine. En revanche, pour ce fameux trésor, c'est une autre histoire.

– En effet. Une histoire ex-tra-or-di-naire, énonça Hugues en détachant chaque syllabe. Imagine qu'Izia et Jawau le découvrent ?

– Difficile. Pour être franc, Hugues, je me demande si Madeline et toi n'essayez pas de les distraire de ce qui s'est passé, ajouta Antoine. Tu sais à quoi je pense précisément.

Le vieil Hugues fronça les sourcils. Ils se trouvaient dans le salon de la grande maison où il vivait avec son épouse Madeline, la pièce même où il avait été obligé de révéler la vilaine vérité à Jawau et à Izia. Choqués, les deux enfants d'Antoine ne lui adressaient plus la parole.

– Les distraire ? Ma foi, ce serait bienvenu, observa-t-il avec un rire qui sonnait faux. Ils me détestent. Ce matin, j'ai vu Jawau... J'aurais aimé lui parler, mais il ne m'en a pas laissé l'occasion.

– Où l'as-tu vu ?

En posant cette question, Antoine anticipa immédiatement la réponse. À Valrêve, Jawau restait le plus longtemps possible avec Gala, « sa » lionne. De l'autre côté des grilles, bien sûr, mais il lui donnait à manger, en accord avec Marco, et demeurait des heures assis à la contempler d'un air rêveur. Antoine aurait tellement voulu savoir à quoi songeait son fils dans ces moments-là...

Il espérait juste que Jawau n'envisageait pas ce que lui-même aurait imaginé à sa place.

– Je l'ai trouvé devant la maison des lions, répondit Hugues, comme en écho des pensées d'Antoine.

– Évidemment...

– Eh oui. Depuis qu'il sait à propos de Gala, Jawau est encore plus...

Hugues s'interrompit, hésitant.

– Encore plus... quoi ?

– Encore plus proche de la lionne. Il a un caractère bien trempé, ton aîné, poursuivit Hugues en s'efforçant visiblement de sourire. C'est tout juste s'il ne m'a pas envoyé promener...

Antoine éprouva une sensation mitigée, mélange de malaise et d'énervement. Autrefois, lui non plus n'appréciait pas Hugues. Ils n'étaient pas amis. Le destin les avait obligés à pactiser, à essayer de se faire confiance. Mais ce n'était pas totalement gagné. Combien de temps fonctionnerait leur arrangement actuel ? Le refuge rencontrait d'importantes difficultés financières, et bien que la plainte déposée contre eux par Ernest Spiron, l'ex-vétérinaire, eût été retirée, l'affaire leur avait causé du tort : leur réputation avait été mise en cause, et les dons de leurs bienfaiteurs pourraient diminuer.

– Si Jawau se braque contre quelqu'un, il est difficile de le faire changer d'avis, reprit-il, reportant son attention sur Hugues. N'oublie pas qu'il a nourri Gala au biberon. Parce que la mère de Gala est morte à cause de toi.

En prononçant ces mots, Antoine songea à ce qu'il n'avait pas encore révélé à ses enfants à propos d'Hugues et de lui-même. Voilà qu'il hésitait de nouveau. Pourquoi tout leur dire et rouvrir la plaie ? Qu'est-ce que cela leur apporterait de plus ? Mais il leur avait promis...

Il refusait un mensonge par omission. Ce serait trop lâche.

Hugues haussa les épaules, l'air embarrassé.

– Avouons-le, la situation est délicate depuis qu'Izia et Jawau sont au courant de mon passé peu glorieux. Ici, on forme une grande famille. On s'entraide. J'ai voulu l'expliquer à Jawau tout l'heure, mais je le répète, je n'ai pas pu lui parler du tout. Il m'appelle « monsieur » et me fuit comme si j'étais un pestiféré.

– Et Izia ? demanda Antoine, qui comprenait très bien son fils.

– Pareil. Ils ne viennent même plus voir Madeline. C'est triste. La vérité n'est décidément pas toujours bonne à dire, lâcha Hugues d'un air dépité.

– Je ne pouvais plus jouer cette carte-là avec mes propres enfants, rétorqua Antoine. Tôt ou tard, ils auraient tout appris. Déjà, ils m'en ont voulu d'avoir tardé à leur révéler les faits… Et quand je pense qu'ils ne savent même pas tout !

Hugues l'observa d'un air soucieux.

– Justement. Il serait peut-être conseillé de ne pas jeter de l'huile sur le feu, tu ne crois pas ?

– Je me fais la même réflexion, avoua Antoine après une légère hésitation. Ce serait peut-être mieux de laisser l'histoire se tasser...

Et qu'ils oublient.

– Tu vois, pour le coup, chercher notre légendaire trésor pourrait leur être bénéfique, reprit Hugues d'un air engageant. Ça leur donnerait une nouvelle raison d'être ici, un objectif.

– C'est certain. Non qu'ils soient désœuvrés, commenta Antoine, songeur.

Izia se consacrait aux soins des quelques chevaux et ânes acceptant la main de l'homme. Elle espérait, au fil du temps, les apprivoiser tous. Jawau passait tout son temps libre à la « maison des lions ». C'était ainsi qu'il avait baptisé l'espace dévolu à Gala, à Tilly et aux lionceaux. Maintenant, tout le monde, à Valrêve, employait cette appellation.

– J'espère que ce n'est pas une fausse piste, murmura-t-il.

– C'est une véritable quête, Antoine. Je te rappelle qu'on s'interroge sur l'existence de ce trésor depuis la fin du Moyen Âge ! souligna Hugues. Dans notre famille, on a tous essayé de le retrouver.

– En vain.

– Oui… Mais il ne faut pas abandonner, pas vrai ? Jamais. On n'abandonne jamais, insista Hugues. Ce n'est pas dans la mentalité des Payens, ni dans celle des Beaucaire.

Cette fois, Antoine ne put s'empêcher de sourire. Hugues était un cousin éloigné, mais ils partageaient effectivement une farouche détermination à ne pas ployer l'échine face aux coups du destin. Ils se battaient. D'ailleurs, Jawau avait dû hériter de ce tempérament, lui qui s'était méchamment bagarré au collège peu de temps après la rentrée. Il n'avait peur de rien sauf d'une chose : la routine et l'enfermement. « Comme moi », songea Antoine, se rappelant ce qui avait motivé son choix de travailler comme vétérinaire dans une réserve africaine. Il n'aurait jamais supporté de passer les journées entre les quatre murs d'un cabinet.

– Bon, alors on leur donne l'autorisation d'aller en forêt ? demanda-t-il.

– Absolument. La forêt ne leur sera plus interdite et...

– Sauf que c'est la saison de la chasse, coupa Antoine. Donc non, décidément, ce n'est pas du tout possible.

– Si. Parce qu'il n'y aura plus de chasseurs dans ma forêt, déclara Hugues d'un ton autoritaire. Je vais faire afficher des panneaux partout, et publier l'information dans la presse locale dès demain matin. Plus de chasseurs à Valrêve, un point c'est tout !

Antoine acquiesça, agréablement surpris par cette décision radicale. Le vieil homme donnait l'impression d'être vraiment prêt à tout pour qu'Izia et Jawau lui pardonnent et le voient sous un meilleur jour ! Comme promis, il avait aussi licencié Ernest Spiron, incompétent et malhonnête, et publiquement avoué son passé trouble. Dorénavant, on savait pourquoi il avait fondé le refuge de Valrêve. Par conséquent, on connaissait l'essentiel. Le reste ? Mieux valait peut-être que ce soit enterré définitivement... « D'autant que ça m'implique », se rappela Antoine, la gorge nouée. Et si, de nouveau, ses enfants réagissaient mal ? Il voulait tant leur épargner une nouvelle déception...

Mais non, décidément non, il refusait de leur cacher une partie de la vérité. Il faudrait qu'il ait le courage d'aller jusqu'au bout de ses aveux.

– Et les sangliers ? reprit-il, revenant à l'instant présent.

La forêt domaniale de Valrêve, qui appartenait à la famille Payens, avait jusque-là abrité un abondant gibier.

– Ils sont sans danger si on ne les dérange pas. Il faut faire du bruit quand on marche, et alors ils se cachent. De plus, il n'en reste pas beaucoup. On compte surtout des lièvres, des renards, des chevreuils... et des hérissons en pagaille. Cette forêt est le territoire des hérissons, précisa Hugues d'un air amusé. Pas très dangereux, comme bestiole.

Antoine le regarda et ébaucha un sourire.

– OK, je donne mon feu vert.

*
**

Quand les loups s'en mêlent…

Le lendemain, une fois de plus, Loop ramena Jawau en scooter... sans casque. Jawau savait que c'était interdit, mais son père refusait de lui en acheter un en prétextant qu'il devait prendre le bus : il avait un abonnement. Sauf qu'il fallait l'attendre, ce bus, et une fois sur deux, il le ratait. Et puis, il aimait bien faire le chemin avec son nouveau camarade.

– Dépose-moi là, dit-il alors qu'ils se trouvaient à une centaine de mètres de l'entrée de Valrêve.

Loop freina et Jawau sauta à terre.

– Merci...

– T'inquiète, dit Loop, on ne te verra pas.

– Il ne vaut mieux pas.

– Ton daron monterait sur ses grands chevaux ?

Jawau sourit. Loop parlait une langue fleurie, mélangeant argot et expressions imagées plutôt classes.

– Je pense, oui. Mais mon père est plutôt froid quand il est en colère. Glacial, même. Je ne l'ai pas souvent entendu crier.

– Ce n'est pas comme le mien, alors... Peut-être parce que, puisqu'on parle de chevaux, il avait l'habitude d'élever la voix pour dresser les siens, va savoir...

Loop esquissa un sourire moqueur avant d'ajouter :

– Maintenant, il s'énerve pour un rien, et je te jure qu'on l'entend !

Au-delà de son air bravache – Loop était costaud, trapu, cheveux ultra-courts et boucle d'oreille –, Jawau perçut la révolte qui bouillait en lui. Le père de Bastien était au chômage après avoir longtemps travaillé pour un cirque animalier qui avait été obligé de fermer. Il n'avait jamais su où les animaux, notamment les chevaux dont il s'occupait, avaient été placés. Cela l'avait rendu « amer comme le citron... Il grince des dents » lui avait confié Loop.

– Tu viens à la maison ? proposa Jawau.

Il n'avait encore jamais invité Loop. Ce serait peut-être l'occasion de lui remonter le moral.

– À la maison ? Tu veux dire chez toi ?

Les yeux de Loop exprimaient un réel étonnement. Valrêve et ses habitations représentaient une sorte de monde secret, extraordinaire, pour tant de monde.

– Ben oui... *Home sweet home*[2] *!* Je parie qu'il y a des croissants aux amandes ou des pains au chocolat, poursuivit Jawau. Nadia, la nouvelle copine de mon père, nous en apporte presque tous les jours.

En prononçant ces mots, il sentit son cœur se serrer. Récemment, Antoine et Nadia étaient sortis dîner ensemble et, de toute évidence, ils se plaisaient. Jawau était conscient que son père devrait refaire sa vie un jour sauf que, confronté à cette réalité, lui-même se cabrait involontairement. *Comme le poulain à qui on*

---

2. Chez moi, mon doux chez-moi.

essaie de mettre un mors pour la première fois... L'image s'était imposée à son esprit.

Izia, elle, ruait carrément dans les brancards. Fugue, silence hostile... Elle considérait Nadia comme une intruse et ne se montrait polie qu'à contrecœur.

– Des pains au chocolat ? Extra ! lança gaiement Bastien, interrompant les réflexions de Jawau. Où je mets mon scoot ?

– Gare-le près de la boutique, suggéra Jawau en montrant le bâtiment à l'entrée de Valrêve.

– On verra que je t'ai ramené !

– Avec un peu de chance, mon père, qui est toujours occupé, ne remarquera rien. Il faut traverser tout le parc, j'espère que les soigneurs ne diront rien.

– C'est long ?

– 4 kilomètres. 4,102 kilomètres précisément ! Je le fais souvent en courant, ça me défoule.

Loop hocha la tête. L'athlétisme n'était pas son fort. Lui, il jouait au rugby.

– Au moins, je l'aurai mérité, mon goûter !

Quelques minutes plus tard, tous deux empruntaient l'allée centrale du refuge, vide de visiteurs à cette heure et en cette saison. Ils passèrent au pas de course devant les chevaux, les ânes et les zèbres, les ours, les singes, les éléphants... Seuls les lions n'étaient pas visibles, leur espace se trouvant à l'écart.

Les animaux se tenaient pour la plupart non loin des grillages, nerveux, aux aguets.

– Ils nous ont dans le collimateur ou quoi ? s'étonna Loop.

Il semblait un peu essoufflé et, du coup, Jawau ralentit l'allure.

– Ils attendent juste les soigneurs... L'heure du nourrissage approche !

Lui-même irait bientôt retrouver Gala et sa famille... Il avait hâte. Il faillit le confier à Loop, mais s'abstint. Marco, qui s'occupait surtout des félins, souhaitait que Jawau reste discret à ce sujet. En temps normal, l'adolescent n'aurait pas eu le droit de nourrir la lionne. Toutefois, compte tenu du lien exceptionnel entre

Jawau et Gala, le soigneur et le père de Jawau avaient accepté qu'il lui apporte à manger. Les lionceaux en profitaient avidement : entre deux tétées, ils mâchouillaient de gros morceaux de viande dans la gamelle de leur mère.

– Pour nous aussi, ce sera le nourrissage... avec de bons pains au chocolat bien croustillants, ajouta Loop. J'en salive d'avance... Comme eux quand ils nous voient !

Il montra Tusk et Ikta, les deux beaux loups blancs qui tournaient en rond dans l'enclos devant lequel ils passaient en trottinant.

– Aïe, aïe, ouille… Tu imagines un peu s'ils te mordaient ?

– Non, je ne préfère pas ! Ce sont de sacrés carnassiers... Même s'ils mangent aussi des fruits, ces deux-là, précisa Jawau en riant. Leurs anciens propriétaires les gavaient de carottes et de pommes quand ils étaient petits !

– Des loups végétariens ? Hi hi...

– Pas végétariens, quand même, mais atypiques et...

Jawau s'interrompit brusquement, s'arrêtant de courir pour observer Tusk qui se livrait à un étrange manège : il décrivit un cercle autour d'Ikta, puis un deuxième, plus proche, et un troisième... La louve se figea, tapie, oreilles aplaties. La pupille de ses yeux clairs se dilata visiblement, signe d'agressivité ou de peur.

– Qu'est-ce qu'il y a ? demanda Loop.

– Il se passe un truc bizarre.

– Ils sont énervés... Parce qu'ils ont faim, sûrement ! Moi, mon pote, je ne reste pas là...

– Hé, ne t'inquiète pas, ils ne sauteront pas par-dessus la clôture ! Elle est électrifiée, de toute façon.

Néanmoins, malgré lui, Jawau recula de quelques pas, se rappelant l'incident dont Izia, Kenji et lui avaient été victimes. Ils se trouvaient avec Léa, la soigneuse des loups, qu'ils avaient voulu aider à nettoyer l'enclos. Jusqu'à ce jour-là, Tusk et Ikta s'étaient toujours montrés amicaux, plutôt moins craintifs que d'autres loups ne l'auraient été. Sauf que juste avant cette visite,

Kenji avait promené et brossé Skill, son berger allemand. Ses vêtements et ses mains avaient gardé l'odeur de son chien. Tusk avait vite détecté les hormones d'un concurrent potentiel par rapport à sa louve alpha... Et il s'était insurgé.

Là, c'était différent. Il n'y avait aucune intrusion sur le territoire de Tusk. Aucune menace.

– OK, filons, décida Jawau après avoir contemplé une dernière fois les deux bêtes qui continuaient le même petit jeu curieux. Tu as sans doute raison, ils ont faim...

Mais à ce moment-là, Ikta se redressa d'un bond et fonça sur Tusk, babines retroussées et crocs étincelants.

– Ça craint ! s'exclama Loop.

– C'est très mauvais, murmura Jawau, pétrifié.

Ikta voulait clairement s'en prendre à Tusk... Pourquoi ? Le couple s'était toujours parfaitement entendu !

Le cœur battant, Jawau envoya vite un SMS à Léa et à Marco : « Help ! Les loups se battent ! »

Ikta grognait. Tusk aussi, tout en continuant à louvoyer autour de la femelle. Brutalement, Ikta attaqua, mordant sauvagement Tusk au cou... Le mâle riposta, gueule grande ouverte, poils dressés sur l'échine.

Jawau et Loop échangèrent un bref regard.

– Ils vont s'entre-tuer ou quoi ? lâcha Loop, blême.

Dans un effroyable vacarme où se mêlaient grondements et glapissements, Tusk et Ikta ressemblaient maintenant à deux bêtes féroces luttant à la vie à la mort. Et personne ne venait.

Terrifié, Jawau jeta un coup d'œil autour de lui. Il fallait impérativement trouver une solution pour les séparer ou, au minimum, les distraire de ce combat. Gagner du temps.

– Qu'est-ce qu'on peut faire ? gémit Loop.

– Trouver de l'eau... de l'eau froide, et les arroser si on y arrive, décida Jawau, se souvenant de ce que son père avait entrepris la fois où deux hyènes s'étaient aventurées trop près de chez eux, à Wild Field.

Elles se battaient à mort pour récupérer les restes d'une carcasse et, en les aspergeant, ils avaient réussi à les séparer et à les faire fuir.

– De l'eau… Où ? Il n'y a pas de tuyau… Mais un seau, oui, je vois un seau là, près du robinet devant l'enclos !

Jawau se précipita et ouvrit la manette à fond pour remplir le seau. De l'autre côté du grillage, les loups poursuivaient leur affrontement avec des râles puissants et des glapissements qui flanquaient la chair de poule. Du coin de l'œil, il remarqua que Tusk intensifiait ses coups. Il était plus grand et plus fort qu'Ikta… bien que blessé : des taches rouges maculaient sa fourrure blanche au niveau de l'encolure.

Si, jusqu'à présent, Ikta avait eu l'avantage, cela ne durerait pas. Le goût du sang ramenait le loup à son état le plus sauvage.

Une spirale incontrôlable s'amorçait de seconde en seconde.

Une fois que le seau fut plein, Jawau chercha quelque chose pour grimper et se positionner au-dessus de la clôture électrifiée. Au moindre faux pas, il risquerait de recevoir une décharge. C'était de la folie, il le savait.

– Sur mes épaules, vite ! ordonna Loop.

Jawau n'hésita pas. Le seau était lourd, au moins 10 kilos. Une chance qu'à Wild Field il ait souvent travaillé avec les rangers kényans. Au fil des années, mine de rien, il s'était musclé.

Loop lui fit la courte échelle et Jawau glissa les jambes autour de la nuque puissante de son camarade. Il souleva le seau tandis que Loop s'approchait autant que possible du grillage. Les loups n'étaient qu'à quelques mètres. Quand même trop loin, mais tant pis.

– Vas-y !

Jawau lança l'eau qui éclaboussa à peine les deux animaux. Ikta et Tusk ne s'interrompirent même pas une fraction de seconde. Ils étaient tellement entremêlés qu'on ne savait plus qui était qui.

– Raté... Faut recommencer... dit Loop.

Il se baissa pour que Jawau descende et, au même moment, le téléphone de ce dernier sonna. Jawau attrapa l'appareil dans sa poche. C'était Marco.

– Ils vont se déchiqueter ! cria-t-il.

À l'autre bout du fil, Marco entendait forcément le déchaînement des loups. Jawau voyait qu'Ikta commençait à ployer sous les coups féroces de Tusk. Elle gémissait, montrait les dents, et boitait.

– Grouille, Marco !

Comment réussiraient-ils à séparer les deux bêtes ? En les regardant poursuivre leur bataille sanglante, Jawau sentait des larmes lui monter aux yeux. Ils ne pouvaient rien faire, strictement rien...

Quelques minutes plus tard, enfin, un quad freina devant l'enclos. Marco et Léa en jaillirent, portant chacun une bonbonne métallique rouge. Jawau reconnut des extincteurs d'incendie. Carrément ! Les soigneurs déverrouillèrent la porte de l'enclos et, sans hésiter, y entrèrent ; ils refermèrent derrière eux puis actionnèrent les systèmes en un éclair. Deux puissants jets d'eau s'élevèrent et tourbillonnèrent autour des loups, qui s'immobilisèrent presque aussitôt, comme figés.

– Stooooop ! s'écria Léa. Ikta, Tusk !

Sa voix, familière aux oreilles des loups, résonna dans le silence devenu irréel. La poitrine comprimée, Jawau se rapprocha, impressionné par le courage de la jeune femme. Avec ses courts cheveux blonds en épis, sa silhouette mince et énergique, on lui donnait à peine seize ans alors qu'elle en avait dix de plus. *Elle n'a peur de rien...*

Marco et Léa braquaient les extincteurs, prêts à recommencer si besoin. Les yeux clairs des deux loups reflétaient la même surprise. Au bout de quelques secondes, après une brève hésitation, Tusk s'écarta de la femelle et partit s'affaler à l'autre extrémité de l'espace clos. Ikta, haletante, se laissa tomber sur le sol.

– C'est complètement fou, dit Léa, abasourdie. Je n'en reviens pas.

Elle promena un lent regard autour d'elle, cherchant à comprendre la cause de cette explosion de violence.

– J'ai remarqué qu'ils étaient nerveux, ces derniers jours, répondit Marco en branchant un tuyau d'arrosage classique. De là à s'étriper...

Il aspergea les loups qui, pour le coup, ne bougeaient plus du tout, trempés jusqu'aux os et tremblants. Leur pelage blanc était plaqué sur leur peau, leur donnant un air misérable.

– Pourquoi tu fais ça ? interrogea Jawau.

– Nos extincteurs contiennent de l'eau et un additif qui peut être irritant. Il vaut mieux rincer leur pelage.

– Je crois savoir pourquoi ils se sont bagarrés... Enfin, j'ai une hypothèse, reprit Léa. On verra ce qu'Antoine trouve après les avoir examinés. En attendant, on va les surveiller et, surtout, les séparer. Un bon grillage entre les deux fera l'affaire. Ça va, les gars ? interrogea-t-elle en s'adressant à Jawau et à Loop.

– Oui, oui. On a eu droit à un sacré spectacle, lâcha Loop. Un peu flippant...

– Ça fiche franchement la frousse, confirma Jawau. On s'est sentis impuissants.

– On a quand même essayé de les arroser.

– Excellente idée, approuva Marco. De l'eau glaciale, ça calme radicalement... Enfin, en principe. On a eu de la chance que ce soit efficace du premier coup.

– Et comment vous auriez fait, sinon ? interrogea Loop.

– Fléchette anesthésiante.

Ils contemplèrent les deux loups qui, à présent, se léchaient flanc et pattes, tentant de panser leurs plaies.

– Ils sont de nouveau tranquilles, déclara Léa. Ouf ! On est arrivés à temps, grâce à toi, Jawau.

– Coup de chance : on passait devant l'enclos au moment où ils ont commencé à se battre, expliqua Jawau.

Puis il présenta Bastien.

– On l'appelle Loop, précisa-t-il. Il m'a porté sur ses épaules pour que je puisse renverser l'eau du seau. Ça n'a pas servi à grand-chose, mais on aurait recommencé.

– Et vous auriez bien fait. Bravo, vous êtes les héros du jour, tous les deux, affirma Marco en souriant. Sauf que vous avez pris un énorme risque ! La clôture est élec...

– Le plus grand risque était de se croiser les bras, non ? interrompit Loop.

Marco échangea un bref regard avec Léa. Pâles, échevelés, l'un et l'autre paraissaient un peu sonnés par l'effort qu'ils venaient de fournir. Leurs gilets matelassés étaient trempés. « Ce sont les vrais héros, eux », pensa Jawau.

– Exact. En même temps, la règle de base de tout bon secouriste est de ne pas se mettre en danger lui-même, poursuivit le soigneur. Enfin, tout s'est bien terminé... Allons voir Antoine pour lui raconter. Un couple de loups ne se bagarre pas sans raison, il faut qu'il intervienne. À plus tard, les jeunes.

Il adressa un discret clin d'œil à Jawau qui comprit instantanément. Bientôt, lui-même irait nourrir Gala. Enfin... La récompense de sa journée.

– Tu veux toujours venir chez moi ? La maison n'est plus très loin, indiqua-t-il à Loop.

– Si je veux ? Tu m'étonnes, j'ai une faim... de loup !

*
**

Une lionne de rêve

En fin d'après-midi, oubliant avec bonheur tout ce qui s'était passé au cours des dernières heures, et une fois Loop parti, Jawau accomplit ce qu'il attendait chaque jour avec la même impatience : il donna à manger à Gala et aux lionceaux. Ce moment-là était comme une bulle d'oxygène dans son quotidien ; un baume bienfaisant, parfois même réparateur, qui chassait ses préoccupations : comment devenir ami avec Lou sans se mettre à dos son petit copain ? Comment avoir de meilleures notes et s'intéresser aux cours ? Comment avoir plus confiance en lui-même ? Missions impossibles !

Jawau officia sous l'œil attentif de Marco qui, quant à lui, nourrissait Tilly. Le vieux lion avait toujours autant d'appétit, ce qui était bon signe. En dépit de la maladie qui, peu à peu, le rendait aveugle, malgré l'arthrose douloureuse qui s'installait – surtout par temps froid et humide comme en ce mois de décembre –, le patriarche des fauves se portait plutôt bien. Peut-être parce que, dans la loge voisine, sa petite tribu prospérait : Gold, Whyla et Samba grandissaient, irradiant la joie de vivre et voraces. Ainsi, à présent, ils se ruaient sur la gamelle de leur mère pour lui chaparder quelques morceaux de viande. Entre eux, la hiérarchie indispensable au fonctionnement du groupe s'était déjà instaurée : Gold, le mâle vigoureux, futur dominant sans doute, se servait en premier. Whyla et Samba patientaient, puis Whyla, plus trapue donc plus forte, mangeait. Ensuite, Samba prenait sa part, ou du moins ce qu'il en restait.

– Ils sont si beaux, murmura Jawau.

– Le félin est toujours beau ! renchérit Marco. Tu sais pourquoi le lion fascine l'homme davantage que le tigre ?

– Parce qu'il a une crinière ?

– Gagné. Il en impose. Le mâle, du moins. On l'admire et, en même temps, on le craint. Ambivalence !

En revanche, le tigre effraie. La peur qu'il suscite le rendrait moins attirant à nos yeux. Même s'il est magnifique. C'est Desmond Morris, un zoologue, qui a étudié ce phénomène, précisa Marco.

– Intéressant. C'est sûr, le tigre est superbe et, en même temps, hyper-impressionnant, limite terrifiant, surtout le tigre de l'Amour[3]...

Jawau reporta son attention sur Gala et ses bébés.

Eux, en tout cas, je ne les crains pas.

Il garda toutefois cette réflexion pour lui. Il avait montré à Marco les photos où on le voyait nourrir la lionne neuf ans plus tôt. Le soigneur en avait été très ému. « Théoriquement, pour elle, tu es comme un parent. Ton odeur s'est en quelque sorte définitivement imprégnée en elle. Donc elle ne te mordra jamais... En théorie, avait-il insisté. D'autant que tu étais enfant. Tu ne dégages sans doute plus exactement les mêmes hormones aujourd'hui ! »

---

3. Le tigre de Sibérie (ou tigre de l'Amour) appartient à la plus grande des sous-espèces de tigres, et est le plus puissant des félins existants. Il se distingue par une fourrure plus épaisse qui s'éclaircit en hiver.

Jawau sourit en contemplant Gala. Il la revoyait sur ses genoux, pataude, peluche vivante si craquante... Et croquante ! Ses crocs s'étaient vite transformés en lames de rasoir. Il avait essayé de lui apprendre à faire patte de velours, mais sa mère s'était moquée de lui : bébé ou non, un lion ne serait jamais un chat ! Curieusement, les souvenirs de cette époque demeuraient vivaces comme s'ils dataient d'hier.

– Je peux rester un peu plus ? demanda-t-il à Marco, revenant brutalement au présent.

Le soigneur arqua un sourcil perplexe.

– Seul ?

– Je serai sage, promit Jawau, devinant les réticences de Marco. Je veux juste les regarder. Après ce qui s'est passé avec Tusk et Ikta, j'ai besoin de...

Il hésita, ne trouvant pas les mots justes.

Rêver, récupérer, s'imprégner de leur force sereine...

Face à la lionne, ses lionceaux et le majestueux Tilly non loin, il avait l'impression d'être avec les siens. Une sensation inexplicable qui paraîtrait ridicule, voire absurde s'il en parlait, réalisa-t-il, s'efforçant de garder un visage imperturbable.

Mais, l'observant attentivement, Marco hocha la tête d'un air indulgent.

– Je crois que j'étais un peu comme toi, au même âge. Je communiquais davantage avec les animaux, et j'avais l'impression que les humains ne me comprenaient pas.

Surpris et soulagé, Jawau ébaucha un sourire.

– C'est un peu ça, avoua-t-il. Tu sais ce que je veux dire.

– Oui, Jawau. Je sais.

Une lueur de compassion brilla dans les yeux de Marco.

– La situation n'est pas facile, pour ta sœur et toi. Vous avez changé de pays ; ici, vous ne connaissiez personne, vous n'avez plus votre mère...

– Ma mère vit toujours, interrompit Jawau. Enfin, elle vit dans mon cœur. Elle est juste physiquement absente.

Une expression de tristesse traversa fugitivement le regard de Marco. Jawau serra les dents. Il détestait qu'on ait pitié de lui et, surtout, il ne voulait pas qu'on le considère comme quelqu'un de différent. Par moments, quand le deuil était trop lourd, il pratiquait une méditation particulière que lui avait apprise Fati, leur merveilleuse nounou à Wild Field. Les images apaisantes du lac Naivasha entouré de montagnes jaillissaient à son esprit, opérant leur effet miraculeux : une sorte de nettoyage mental qui chassait tristesse, chagrin, colère, et semblait le régénérer. *« Make your heart like a lake »*[4], lui avait conseillé Fati un jour.

– Ça, en revanche, tu ne peux pas comprendre, lança-t-il à Marco.

– Peut-être, peut-être pas, répondit le soigneur. Chacun ses croyances. En tout cas, quoi qu'il arrive, tu peux compter sur moi. Tiens…

Il lui tendit les clés de la maison des lions.

4. Imagine que ton cœur est comme un lac.

– Normalement, je n'ai pas le droit de te laisser seul ici… Mais Gala fait partie de ta vie, n'est-ce pas ? Rapporte-moi le trousseau au bureau dans une heure au plus tard. J'y serai pour écrire le compte rendu de la journée avec ton père. Corvée de paperasse, ajouta Marco en esquissant une grimace.

– Merci, Marco. Tu es cool.

Une fois seul, Jawau laissa échapper un soupir d'aise. Il s'assit par terre, à quelques centimètres de l'enclos de Gala, et se plongea dans la contemplation de la petite troupe. Les lionceaux, repus, se léchaient les pattes et se frottaient mutuellement. La lionne les observait, paupières mi-closes, moustaches en éventail, gueule altière. Vraiment impériale… Aussi souveraine que Tilly qui, de l'autre côté des barreaux, regardait lui aussi sa progéniture.

Dans la nature, la situation aurait vite été différente. Tilly aurait fini par considérer Gold, le bébé mâle, comme un rival potentiel… Et il l'aurait chassé du clan, ou peut-être même aurait-il tenté de l'éliminer. Gala, instinctivement, aurait tout mis en œuvre pour protéger le futur lion. Elle se serait peut-être enfuie avec ses trois lionceaux, cherchant la compagnie d'autres femelles afin de les élever loin de l'instinct vorace du roi des félins.

Dans la nature, les lionnes s'entraidaient beaucoup, et les lions comptaient sur elles pour la chasse, la reproduction et l'agrandissement de leur territoire. « Finalement, ce sont elles, les véritables reines », pensa Jawau.

Il bâilla une fois, deux fois, et encore... Si fort qu'il en eut les larmes aux yeux. La journée avait été longue, éprouvante, avec cette bagarre horrible entre Tusk et Ikta en point d'orgue. Heureusement, il avait pu en parler avec Loop tout en dégustant un copieux goûter. Comme prévu, ils avaient découvert des croissants aux amandes tout frais, achetés dans la meilleure boulangerie de Tourlon. « Hé, hé, Nadia veut nous gâter... Ou nous amadouer ! » avait-il commenté. Loop s'était contenté de dévorer avec gourmandise. Les rejoignant un peu plus tard, Izia avait été choquée d'apprendre ce qui s'était produit avec les loups. Après avoir vainement tenté de trouver une explication à ce combat, tous les trois avaient bavardé de tout et de rien tandis que la nuit tombait.

S'abandonnant à la détente qui l'envahissait peu à peu, Jawau s'étendit par terre, sur la paille, et roula sur lui-même afin de se positionner le dos contre les barreaux de la cage. Il tourna juste la tête pour apercevoir la lionne et les lionceaux.

– Ma Gala, murmura-t-il. J'aimerais tellement être tout contre toi, comme là-bas... Comme avant...

Les mots chuchotés résonnaient dans l'abri silencieux. Dehors, le vent de l'hiver soufflait, et un frisson gagna Jawau. Il ne connaissait pas cette saison, habitué à la chaleur du Kenya.

Ses paupières devenaient lourdes. Engourdi, il resserra le col de son blouson, regrettant de ne pas avoir pris d'écharpe. Il se rappela qu'il avait promis à Marco de rapporter les clés de la maison des lions... Bien sûr, il le ferait, mais avant, il s'autoriserait une mini-sieste... Parce que brusquement, il avait vraiment sommeil.

Jawau savoura l'instant où il s'abandonna, humant l'air et les odeurs de fauves autour de lui. C'était un peu comme à Wild Field, sauf qu'il faisait drôlement froid.

*
**

Des lions et des hommes

– J'hallucine ? Pince-moi.

– C'est dingue.

– Il est inconscient ou quoi ?

– Très conscient, au contraire. Se coucher sur le sol, à même la paille, c'est un acte réfléchi ! Heureusement, je venais de la changer.

Il y eut un silence, puis :

– Ça mérite une photo.

– D'accord.

Un déclic résonna. Les bruits, feutrés, parvenaient peu à peu à l'esprit embrumé de Jawau.

Je rêve...

Il voulut bouger et grimaça. Il ne sentait plus son bras gauche.

– Aïe…

Il entrouvrit l'œil et sut alors qu'il était bel et bien en train de rêver. Parce qu'il se trouvait tout contre Gala, vraiment contre, à quelques millimètres de la gueule de la lionne qui, allongée sur le flanc, les yeux fermés, respirait doucement.

Émerveillé, Jawau tendit la main droite, heurta quelque chose de froid, du métal qui cliqueta… Un barreau ? Oui, un barreau bien réel. Son sang se glaça. *Si ça se passe pour de bon, je risque gros…*

Mais Gala ne bougea absolument pas, ensommeillée. De l'autre côté de son corps détendu, les trois lionceaux dormaient également, lovés en boule.

Jawau glissa les doigts à l'intérieur de la cage et effleura le pelage de Gala. Elle ne remua ni un cil ni une vibrisse[5]. S'enhardissant, Jawau lui caressa plus franchement la

5. Vibrisses : longs poils sensoriels situés sur les côtés de la tête de certains mammifères. Ils servent notamment à détecter les obstacles.

nuque, enfonçant les doigts dans les poils épais. Les moustaches de Gala ne frémirent même pas.

Une voix masculine s'éleva soudain derrière lui. *Papa...*

– J'avoue que là, c'est extraordinaire.

– Extra-extra... ordinaire.

Cette voix-là, c'était celle de Marco.

Je ne rêve donc pas ?

Jawau se redressa sur un coude, luttant contre une intense sensation d'irréalité. Ses yeux s'attardèrent sur les bottes crottées et les parkas des deux hommes qui se tenaient près de lui. Autour d'eux, tout était sombre. La nuit était tombée, et une seule lumière brillait, à l'entrée de la bâtisse.

– Je suis réveillé ? balbutia-t-il.

– Oui, fiston... Mais ce qui se passe entre Gala et toi est plus beau qu'un rêve, chuchota Antoine.

Jawau regarda de nouveau la lionne, et l'émotion lui noua la gorge. Les lionceaux et elle continuaient à dormir.

– Non seulement elle t'a reconnu mais en plus, elle te montre de l'affection, observa son père à voix basse.

Il s'agenouilla près de Jawau, un sourire attendri aux lèvres, et contempla les félins. N'osant pas bouger, Jawau parvint à faire de même en se tordant presque le cou. À côté, dans sa loge, Tilly s'était, lui aussi, assoupi sur la tablette recouverte de paille qui lui servait de lit. Contrairement à Gala, il respirait bruyamment.

Pendant un long moment, immobile, Jawau absorba chaque détail de cette scène incroyable, aussi merveilleuse qu'inattendue. Il sentait l'odeur de Gala ainsi que sa chaleur, sa robustesse… sa confiance.

– C'est fou, murmura-t-il.

– On peut le dire, confirma Marco. Je suis jaloux.

Jawau sourit et, lentement, se releva. Il avait des courbatures et de la paille partout. Revenir à la réalité aurait pu lui sembler au-dessus de ses forces mais, imprégné de la magie de ce qui venait de se produire, il se sentait dorénavant prêt à tout affronter. Plus que jamais.

– Pardon, Marco, je devais te rapporter les clés…

Au son de la voix de Jawau, Gala entrouvrit un œil. Elle se lécha machinalement le bout d'une patte, lança un bref regard aux visiteurs et se replongea dans le sommeil après avoir laissé échapper un râle satisfait.

– Ne t'en fais pas, je comprends, répondit le soigneur d'un ton où perçaient incrédulité et admiration. Franchement, ce lien que tu as avec Gala… Je rêverais d'être à ta place. Seuls quelques très rares chanceux peuvent vivre une telle expérience !

Jawau ne put s'empêcher de rire.

– Chanceux, moi ? On ne me l'avait jamais sortie, cette blague-là !

Cependant, au fond de lui-même, il savait que Marco avait raison. Parce qu'il avait nourri Gala petite, la lionne le reconnaissait et l'acceptait comme l'un des siens.

– Il faudrait que tu remercies Hugues, plaisanta son père. S'il n'avait pas abattu la…

– N'importe quoi, coupa Jawau. Avec des « si », on mettrait Nairobi[6] en bouteille.

Marco se mit à rire. Ses cheveux bruns noués en catogan – une petite queue-de-cheval – lui donnaient l'air d'un Indien sorti d'un film.

Pourtant, tout est réel...

– En France, on dit qu'on met Paris en bouteille. Drôle d'expression, hein ?

Jawau acquiesça distraitement, submergé par l'envie qui le tenaillait depuis qu'il avait reconnu Gala. Bientôt, qu'on l'y autorise ou non, il franchirait le pas pour de bon...

Il voulait retrouver pleinement, enfin, la lionne de son enfance. Quitte à courir tous les risques interdits.

---

6. La capitale du Kenya.

CHAPITRE 3

Et pourquoi pas, après tout…

Le lendemain matin, Jawau se réveilla comme d'habitude à 6 heures. Il n'avait pourtant pas enclenché l'alarme de son portable. On était samedi et il aurait aimé faire la grasse matinée !

Mais il eut beau essayer de se rendormir, des images tourbillonnaient dans son esprit comme dans un kaléidoscope. Les yeux d'ambre de Gala, hypnotisants... Gold, Samba et Whyla, si beaux et joueurs... Ce moment fabuleux, la veille, où il s'était retrouvé contre Gala, simplement séparé par les barreaux de la loge...

Après s'être tourné et retourné plusieurs fois sous la couette, Jawau se leva d'un bond, décidé.

La lumière bleue de l'aube baignait la chambre – il ne fermait jamais les volets. Il s'habilla chaudement, caressa Bakota qui continuait à ronfler dans son panier, et fila sur la pointe des pieds jusqu'à la cuisine. Tout était silencieux. Pourvu qu'Izia ne l'entende pas… Elle aurait voulu l'accompagner, et il aurait été obligé de l'en empêcher. Têtue, sa sœur aurait insisté, il se serait énervé… Et l'instant fragile qu'il espérait capter là-bas, dans la maison des lions, lui échapperait.

Il ignorait encore comment il agirait, ni même ce qu'il entreprendrait vraiment, d'autant qu'il n'avait pas les clés du bâtiment. Mais il savait qu'un trousseau de secours se trouvait dans le local technique, un appentis derrière la grange où l'on préparait la nourriture des animaux. Il se souvenait que le bas de la porte, évidemment fermée à clé, avait été cassé si bien qu'il y avait maintenant un espace d'une vingtaine de centimètres entre le battant et le sol. La réparer aurait dû être une priorité, mais il y avait toujours plus urgent.

Cinq minutes plus tard, Jawau était dehors. Le froid lui piqua le visage. Après avoir rabattu sa capuche, il partit en courant. Le givre qui recouvrait le chemin d'une fine couche blanche crissait sous ses foulées. Le jour commençait à se lever, nimbant les hauts arbres de lueurs argentées.

Les enclos étaient vides. Normal, les animaux dormaient dans leurs abris. « En moins de vingt minutes je parviendrai au bâtiment », se dit-il en inspirant et en expirant régulièrement. Son souffle formait de la vapeur, et il se concentra sur cette buée qui lui paraissait émaner d'un autre corps que le sien tant ce phénomène lui était inhabituel.

Tout se déroula exactement comme Jawau l'avait espéré. Il réussit à se faufiler sous la porte du local technique en ayant d'abord ôté sa doudoune. Le trousseau pendait à un crochet, à côté de plusieurs autres, reconnaissable à son étiquette rouge portant l'inscription « lions ».

L'adrénaline pulsait dans ses veines. Il était conscient de la gravité de ce qu'il s'apprêtait à commettre.

Quelques minutes plus tard, Jawau déverrouillait la double porte de la maison des lions. Après avoir ouvert une seconde porte grillagée, il pénétra dans le bâtiment et referma derrière lui. À cause de l'odeur des fauves, du calme et de la semi-obscurité – des veilleuses diffusaient un faible éclairage –, il avait l'impression de rejoindre son monde de toujours.

Il s'approcha doucement de la loge de Gala et des lionceaux. Le quatuor dormait paisiblement, les bébés blottis auprès de leur mère. À côté, dans son propre enclos, Tilly releva la tête, aux aguets. Reconnaissant l'adolescent, il ne sembla pas surpris. Il descendit cependant de sa tablette-lit, s'étira paresseusement, secoua sa crinière et, se plaçant en position de sphinx, le regarda.

– Hello, fit Jawau à mi-voix.

À son tour, Gala tressaillit et remua. Lorsqu'elle aperçut Jawau, et contrairement au vieux lion, elle parut étonnée : la prunelle de ses yeux se dilata.

– Je viens te voir, chuchota Jawau en se tenant devant la grille de l'enclos. Tu veux bien ? Depuis le temps...

Il tendit prudemment une main à travers les barreaux et guetta la réaction. La lionne se contenta de flairer autour d'elle, puis elle détourna le regard comme si elle n'était pas intéressée. Gold, Whyla et Samba dormaient toujours.

Le cœur battant, Jawau introduisit une clé dans la serrure. Rien ne se débloqua. Il en essaya une seconde et, cette fois, le pêne tourna.

Gala contempla fixement Jawau.

Une fraction de seconde, il éprouva une sensation de vertige, comme lorsqu'il avait essayé de récupérer Bakota dans l'enclos des lions au tout début, alors que sa famille venait d'arriver à Valrêve. Le jour où son lémurien, et lui, avaient instinctivement reconnu Gala.

Il hésita. Le sang battait à ses tempes. Les souvenirs de la lionne bébé se superposaient à la réalité de ce moment…

Il poussa la grille, entra et repoussa le battant derrière lui. Le pêne s'enclencha dans un clic.

Voilà, il était dedans. Seul avec Gala et ses petits.

La gorge sèche, Jawau s'assit contre les barreaux, genoux repliés, et attendit. *Si jamais elle change d'attitude, je fonce dehors… Si jamais…*

Mais avec des « si », on mettrait Nairobi… non, Paris en bouteille !

Il songea fugitivement à Marco, à son père…

Et à sa mère.

Comment réagirait-elle si elle le voyait, là, maintenant ? Elle qui avait été si proche des félins ?

Soudain, Gala émit un grognement étrange et se leva, imposante. Elle mesurait plus de 2 mètres de long, sans compter la queue – presque 1 mètre –, et pesait bien 185 kilos. Jawau sentit un frisson le parcourir. De peur ? Non, même pas. Face à ce fauve qu'il avait connu aussi petit qu'un jeune chat, il ressentait une confiance totale et absolue. Jamais Gala ne lui ferait de mal. Jamais. Elle allait peut-être le renifler, le tester, oui, mais elle ne chercherait ni à le brusquer, ni à le mordre, ni à...

Sauf que ses lionceaux sont là !

Jawau glissa un coup d'œil à Samba, Whyla et Gold. Eux aussi se réveillaient. Ils avaient sans doute faim. Ils voudraient téter.

La lionne s'installa entre ses bébés et lui, les yeux fixés sur Jawau. À croire qu'elle réfléchissait. Son attitude restait tranquille comme si la présence de Jawau ne la dérangeait pas.

Un rugissement sourd s'éleva soudain derrière Jawau, qui sursauta violemment. Tilly ! À quelques centimètres, de l'autre côté des barreaux, le patriarche ne comprenait pas la raison de cette intrusion humaine dans son royaume !

Gold, Samba et Whyla, enfin réveillés, se redressèrent à tour de rôle, bâillèrent et s'approchèrent de Jawau, les yeux brillants de curiosité. Leurs grosses pattes n'émettaient aucun bruit sur la sciure.

– Bon, bon, je vous laisse, lâcha-t-il d'une voix douce, en se relevant avec lenteur.

Il ne devrait pas les toucher – ou alors il aurait dû porter des gants en latex pour ne pas les marquer de son odeur. De toute manière, cela n'avait pas été son intention. Projet insensé, il aurait juste aimé pouvoir se blottir contre Gala...

La lionne se leva et s'avança aussi vers Jawau. Il sentit son odeur, perçut son souffle.

Il sourit, conscient du risque qu'il encourait, et pourtant toujours sûr de lui. Autant, face aux humains, il doutait parfois terriblement de lui, autant là, confronté au plus grand des fauves, il était à l'aise.

Quand Gold se mit à grogner, il fut à peine étonné. À quatre mois, le futur roi des animaux exprimait déjà son autorité !

Lorsque Whyla voulut lui mordiller le bras, Jawau réprima un cri. Puis Samba s'attaqua à sa basket gauche... Elle la déchiquetterait en un rien de temps. Il voulut éloigner la petite lionne mais évidemment elle s'agrippa, pensant qu'il s'agissait d'un jeu...

Un jeu dangereux.

Jawau sentit son pouls s'accélérer follement. Il n'avait pas imaginé que les lionceaux se montreraient plus agressifs qu'amicaux. *Stupid of me...*[7] Décidant de ne plus s'imposer – et de sauver sa peau avant qu'il soit trop tard ! –, il s'apprêtait à se glisser de l'autre côté de la porte grillagée quand il se produisit un fait extraordinaire : Gala rugit et, d'un vigoureux coup de patte, chassa ses trois petits ! De surprise, ils glapirent presque telles des hyènes, leurs farouches ennemies dans la savane.

– Tu m'as défendu... Tu m'as défendu ! répéta Jawau.

Bouleversé, il s'agenouilla et tendit une main vers Gala. La lionne esquissa quelques pas vers lui en émettant un râle profond, unique, comme un langage affectueux qui aurait été murmuré.

7. Que je suis bête...

Le cœur battant à se rompre, Jawau lui enlaça l'encolure et approcha son visage encore et encore... Jusqu'à plonger le nez dans le pelage à la fois doux et rêche aux senteurs de paille, de vie sauvage perdue et néanmoins conservée à jamais au sein de sa chair. Des larmes d'émotion et de joie lui piquèrent les paupières quand Gala, tendrement, appuya sa grosse tête contre lui. *Toi, mon rêve...*

*
**

D'un coup dur rebondir sans faiblir

Samedi matin, Izia se rendit compte que son journal intime avait disparu.

Sur le moment, elle crut s'être trompée, avoir mal cherché. Après tout, ces derniers temps, ces derniers mois même, que de bazar et de bouleversements dans sa vie ! Sa chambre, comme la maison entière, était en désordre, les valises encore pleines, vêtements éparpillés çà et là, placards à moitié utilisés – elle ne savait pas où ranger ses affaires pour de bon et pour longtemps. A priori, hein, ils ne déménageraient plus de sitôt.

Mais au milieu de ces nombreux chamboulements de son quotidien, Izia n'avait jamais cessé d'écrire son journal. Elle en avait pris l'habitude, et tenait à ses petits poèmes souvent inachevés, cabossés, ses confidences à sa mère qu'elle imaginait lectrice dans les nuages. Elle rédigeait spontanément ce qui lui passait par la tête. Parfois, elle dessinait ou gribouillait, dans un rêve éveillé. Si, de plus, Yakou se trouvait auprès d'elle, en train de ronronner, cela devenait un pur moment de bonheur.

Néanmoins, au cours des deux jours précédents, hormis à l'école, elle n'avait pas pris son stylo. Pourquoi ? C'était très simple : à cause du remue-ménage inhabituel ayant régné au refuge. L'incident entre Tusk et Ikta avait inquiété et accaparé l'attention de tout le monde, encore plus que l'épisode de l'incroyable sieste de Jawau dans la maison des lions. Léa, Marco, Jérémie et Nathan avaient installé en catastrophe une clôture pour séparer les deux loups. Une réunion animée s'était tenue chez eux avec l'ensemble des soigneurs, Hugues et Madeline. L'explication de l'agressivité d'Ikta avait été partiellement découverte par Léa, confirmant l'intuition initiale de la soigneuse : la louve, au tout début de ses chaleurs, refusait violemment d'être saillie par son alpha, c'est-à-dire son mâle et le dominant d'une future meute.

Avant de partir en classe, Izia avait cherché sur Internet toutes les raisons pouvant justifier ce comportement anormal, et ce qu'elle avait lu l'avait alarmée : certaines maladies perturbaient parfois les élans naturels en période de rut. De fait, son père avait prévu d'examiner Ikta au plus vite.

Conséquence directe de ce ramdam bouillonnant, Izia n'avait donc pas ouvert son carnet. Mais ce samedi-là, elle avait du temps et une foule de choses à raconter : la partie de basket qui lui avait tant plu, la gentillesse de Kenji, l'incroyable complicité de Jawau avec Gala (il s'était vraiment endormi dans la maison des lions, tout près de Gala !), le dernier dîner que leur père avait partagé avec Nadia, les questions qu'elle se posait à propos du trésor peut-être caché dans la forêt de Valrêve, mais aussi ses interrogations au sujet de ce mystérieux secret de famille que son père semblait avoir (de nouveau) oublié...

Pour trouver son précieux carnet violet, Izia vida son sac à dos, les tiroirs de son bureau, fit valser sa couette, souleva son matelas, regarda sous son lit, sur son armoire – mais pourquoi l'aurait-elle mis à cet endroit ? – chercha dans le salon, la cuisine, et même dans les toilettes. En vain.

Poings sur les hanches, Izia examina sa chambre d'un lent regard circulaire. Meubles de rotin blanc, tapis aux motifs africains, posters d'animaux sauvages, citations libellées sur des feuilles A3 punaisées aux murs : *« Fais de ta vie un rêve, et d'un rêve une réalité ! »*, *« L'ouverture d'esprit n'est pas une fracture du crâne »*, *« Être végétarien, c'est respecter les animaux et l'environnement ! »* La pièce, dorénavant joliment décorée et plutôt pas trop mal rangée, lui semblait soudain totalement hostile.

– Où tu es ? s'énerva-t-elle.

Vautré sur le radiateur chaud, Yakou la contempla. Ses yeux verts captèrent le pâle soleil filtrant à travers les rideaux de dentelle gentiment cousus par Nadia. Sa pupille se rétrécit en un bâtonnet couleur d'encre.

– Je ne parle pas de toi mais de mon journal ! Ras-le-bol, j'en ai maaaaarrre... Marre !

L'esprit en ébullition, Izia fila dans la cuisine. Jawau était en train de se préparer un sandwich au fromage et au jambon.

– Beurk, tu manges ça, toi ?

Son frère lui jeta un regard perplexe.

– Quoi ?

– Ce truc rose et gluant...

– Ben oui, pouffa Jawau. Tu m'as l'air bien énervée, dis donc.

Puis il croqua une grosse bouchée. Lui, il semblait étonnamment joyeux ; hilare même.

– Oui, je suis très, très énervée, confirma Izia. Et encore plus parce que tu es en train d'avaler la souffrance du cochon abattu dans des circonstances atroces pour fabriquer cet horrible jambon industriel !

– Tu es à peine excessive, répliqua Jawau. Je te signale que ce n'est pas parce que tu es végétarienne qu'il faut que je le sois aussi.

Et il continua à manger avec appétit.

Izia haussa les épaules avec dédain. À la maison, elle était la seule à refuser la viande, mais elle ne désespérait pas de convaincre son père, et surtout son frère, d'agir de même un jour. Après tout, leur mère avait été végétarienne.

– J'ai perdu mon carnet violet, tu ne l'aurais pas vu, par hasard ?

Les cheveux noirs de Jawau étaient encore plus ébouriffés que d'habitude. Quelques brins de paille étaient accrochés sur le côté de son pantalon de jogging.

– Ton carnet ?

– Le cahier qui me sert de...

– Je sais de quoi tu parles. Non, désolé. Même en me concentrant de toutes mes forces, ajouta-t-il après avoir fermé les yeux un court instant.

Izia fronça les sourcils. Jawau se moquait-il d'elle ? Non, impossible. Il savait à quel point elle tenait à son journal.

– Ce n'est pas marrant.

Jawau avala une autre bouchée et regarda de nouveau Izia. Ses prunelles bleu-vert exprimaient une joie triomphante, tout à fait inhabituelle. Que complotait-il ?

– Tu as cherché partout ?

– Partout.

Une boule serra la gorge d'Izia. Son carnet contenait toutes ses confidences, ses rêves, ses espoirs, ses interrogations, ses chagrins...

Ses mensonges, petits et grands.

Le dernier, si grand. À propos de leur mère. Au collège, elle avait prétendu que le Dr Amandla Beaucaire travaillait toujours comme vétérinaire au Kenya, et qu'elle rejoindrait sa famille à Valrêve dès que possible.

– Il a disparu, Jawau.

– Tu veux dire que tu l'as perdu ?

– Je crois, oui...

Izia enfouit brièvement le visage dans le creux de ses mains.

– Mais où ? Et quand ? Je ne m'en sépare jamais ! gémit-elle.

Elle s'efforça de se souvenir de la dernière fois où elle l'avait utilisé. Trois jours plus tôt : jeudi matin. Elle l'avait inévitablement emporté à l'école. Parfois, elle écrivait dans le bus, en écoutant de la musique. Cela lui permettait d'ignorer les regards curieux, ou indifférents, des autres collégiens, et le trajet passait plus vite.

Je l'ai perdu ou quelqu'un me l'a volé ?

Le soupçon se logea en elle, mordant. À coup sûr, oui, une personne malintentionnée lui avait dérobé son journal. Pourquoi ? Pour l'épier ? lui faire de la peine ?

se venger ? Si c'était ça l'explication, Izia ne voyait qu'une seule fille capable d'agir de la sorte !

– C'est forcément Hypocrotte, lâcha-t-elle.

Jawau l'observa avec un mélange de stupeur et d'amusement.

– Qui ça ?

– Vicky l'hypocrite. Je l'ai surnommée Hypocrotte.

Jawau marqua un temps d'arrêt avant d'éclater de rire.

– Excellent surnom. Très imagé.

– Merci. J'aurais préféré qu'elle soit une vraie amie.

Izia s'assit à table et prit une tartine de pain sur laquelle elle étala lentement du beurre de cacahuètes. Ses pensées tourbillonnaient. Oui, forcément, Vicky, qui la détestait, devait être prête à tout pour lui pourrir la vie.

– Si tu es certaine que c'est elle, va vite lui parler, conseilla Jawau. C'est nul et méchant de sa part.

– Non, tu crois ?

D'autant plus qu'elle saura la vérité sur maman et la racontera à ses copines. Elles vont parler sur moi, dire des trucs, tout et n'importe quoi...

La gorge nouée par l'appréhension, Izia regarda Jawau qui ne la quittait pas des yeux, l'air grave. Toute étincelle joyeuse avait disparu de ses prunelles. Il voudrait certainement l'aider. Même s'il n'était pas comme *une amie,* son frère était bel et bien son meilleur allié.

Elle s'éclaircit la voix :

– Il faut que je t'explique quelque chose d'important...

Mais à ce moment-là, le téléphone de Jawau sonna.

– C'est Kenji. Je réponds ? demanda Jawau après avoir consulté l'écran.

– Vas-y.

– N'oublie pas ce que tu voulais me confier, insista-t-il.

Ça ne risque pas...

Pendant que Jawau échangeait quelques mots avec Kenji, Izia songea à ce moment où elle avait imaginé le mensonge. Comment aurait-elle pu en anticiper les conséquences ? D'autant qu'à l'origine elle n'avait pas voulu mentir. Les mots étaient sortis spontanément, à la suite d'un malentendu avec Vicky.

Ensuite, Izia avait trouvé plus facile de jouer la comédie ; de faire « comme si », se figurant qu'ainsi sa mère continuait à vivre d'une autre manière. Et c'était réconfortant. Plus simple. Un rêve... Oui, un rêve devenu presque réalité. Une fausse réalité à laquelle elle aurait pu croire encore longtemps.

– Super, Kenji, on arrive ! déclarait Jawau d'un ton enthousiaste. Fais une caresse à Skill !

Il coupa la communication et s'adressa à Izia sur le même ton enthousiaste :

– Comme papa nous a enfin donné l'autorisation d'aller en forêt, Kenji a commencé à chercher le trésor, et il a déjà fait une trouvaille grâce à son chien !

– Kenji ? Comment serait-il au courant qu'il y a peut-être un trésor ? s'étonna Izia.

– Par Marco, je suppose. Marco travaille à Valrêve depuis longtemps, et il a été mis dans les confidences du vieux sapajou.

– Le vieux sapajou ?

– Pour ne pas dire s… sagouin. Moi aussi, je trouve des surnoms, lança Jawau en souriant d'un air entendu.

Izia comprit aussitôt à qui Jawau faisait allusion : Hugues Payens. Il le détestait.

Elle aussi. Difficile d'oublier qu'il avait été autrefois l'un de ces affreux chasseurs de trophées prêts à débourser une fortune pour obtenir l'autorisation de tuer un buffle ou un lion. Même si, depuis, Hugues s'était racheté. Même s'il avait changé. Même s'il regrettait son passé. Elle ne comprenait d'ailleurs pas que leur père ait pu rester en contact avec ce cousin aux mœurs barbares.

– Peut-être, oui. Le sapajou aimerait être notre copain, maintenant, tu as vu ?

– Il peut toujours essayer.

– Oui. Toujours. Et qu'est-ce que Kenji a découvert ?

Jawau se leva d'un bond. Ses yeux brillaient de nouveau d'un éclat extraordinaire, et Izia songea qu'il s'était forcément produit quelque chose pour que son frère dégage ce genre d'énergie.

– Il a refusé de me le dire au téléphone. Tu viens ?

– On fonce ! lança Izia en s'obligeant à ne plus penser à son journal intime.

Elle serra les poings. De toute façon, dès lundi, elle affronterait Vicky.

*
**

Trouvailles griffantes

Kenji les attendait non loin des maisons à colombages où vivaient les Payens et les Beaucaire. La vieille grille de fer forgé menant à la forêt – sombre sous le ciel gris de cette matinée de décembre – était ouverte.

– Kenji a pu ouvrir ? s'étonna Izia. Il a de la chance... Pour nous, c'était interdit !

– Il est peut-être privilégié parce qu'il est le neveu de Marco, répondit Jawau.

Pour sa part, égoïstement, il avait l'impression de flotter tant il se sentait bien. Il n'avait confié à personne ce qu'il avait accompli à l'aube. Le moment merveilleux passé avec Gala resterait son secret aussi longtemps que possible.

De nouveau, l'évidence s'imposa à son esprit : en poursuivant son rêve, il l'avait vécu. Un peu comme s'il avait, oui, décroché la lune ! Gala lui avait communiqué sa force, sa tendresse... Une affection infinie et réciproque les unissait. Même si les lionceaux s'étaient montrés moins accueillants – et c'était normal, Jawau s'interposait entre leur mère et eux ! –, il avait pleinement savouré sa chance de pouvoir établir un tel contact, direct, à mains nues, avec la lionne.

– Salut ! s'écria gaiement Kenji.

En jogging et blouson de sport noirs, il portait un bonnet de laine de la même couleur qui faisait ressortir le bleu de ses yeux. Assis à côté de lui, Skill remua sa queue en panache pour saluer Izia et Jawau.

– On y va ? proposa-t-il en refermant le portail derrière eux.

– C'est Marco qui t'a donné la clé ? interrogea Izia.

– Non, Nadia.

Jawau échangea un rapide regard avec sa sœur. *Encore et toujours Nadia !* Bientôt, qu'ils le veuillent ou non, elle serait sans doute totalement intégrée à leur vie.

– Et tu savais, pour le trésor ? questionna-t-il tandis qu'ils s'enfonçaient entre les arbres, emboîtant le pas à Kenji.

Skill bondissait déjà devant, souple et vif. Magnifique. « Il ressemble à un loup », songea Jawau en pensant simultanément à Tusk et à Ikta, séparés par un grillage depuis l'incident.

– Oui, Marco m'en a parlé, parce qu'il paraît qu'on peut le chercher. Alors on ne va pas se le faire dire deux fois !

Kenji ne prenait pas le sentier que Jawau avait déjà emprunté pour son jogging. À ce niveau-là, la forêt restait en accès libre, mais rares étaient ceux qui s'y rendaient : c'était un domaine privé que les Payens mettaient gentiment à la disposition des promeneurs... et des chasseurs. Après la fugue d'Izia, toutefois, par prudence, la grille avait été fermée à clé et verrouillée jusqu'à ce samedi-là.

– Alors, qu'est-ce que tu as déjà trouvé ? demanda Izia en courant presque afin de marcher aussi vite que Jawau et Kenji.

– Un peu de patience... répondit Kenji, énigmatique. Ce sera une surprise.

Jawau perçut l'irritation d'Izia. Elle était d'une nature impatiente et plutôt de mauvaise humeur, aujourd'hui, à cause de la perte de son journal.

Ils marchèrent pendant une dizaine de minutes, serpentant entre les troncs de chênes et de sapins. Sous leurs pieds, les feuilles mortes crissaient. La terre exhalait un mélange d'odeurs d'humus et de champignons.

Bientôt, ils débouchèrent dans une petite clairière au milieu de laquelle se trouvait un vaste cratère probablement provoqué par une bombe durant la dernière guerre mondiale. Ils le contournèrent, s'avancèrent encore et tombèrent sur des ruines : de vieilles pierres grises, érodées, formaient un pan de ce qui avait dû être un grand mur. Du lierre était enchevêtré tout autour.

– Voilà, déclara fièrement Kenji.

– Quoi, c'est ça ? s'exclama Izia en grimaçant. Un tas de pierres pourries ?

– Attends... Il faut aller de l'autre côté !

Skill avait déjà sauté le petit fossé qui longeait l'ancienne muraille, reniflant allègrement le sol.

– Qu'est-ce que ça peut bien être ? chantonna Jawau, intrigué.

Ils suivirent Kenji qui se dirigeait à présent vers des bosquets denses, serrés. Au même instant, un rayon de soleil perça les cimes clairsemées.

– Là... dit Kenji en s'accroupissant près d'un amas de branchages récemment rassemblés.

Il les écarta délicatement et en extirpa...

... un chaton blanc. Puis un second, roux celui-là. Ils poussaient des miaulements aussi stridents que plaintifs en s'efforçant de se sauver sur le tapis de feuillage roux.

– Waouh ! s'exclama Izia. Qu'ils sont petits !

– C'est Skill qui les a repérés en premier. Ils n'ont plus leur mère, sinon elle serait auprès d'eux, ajouta Kenji.

– C'est sûr... Ils ont à peine plus de deux mois, renchérit Jawau, qui ne s'attendait pas du tout à une telle trouvaille.

Il était un peu déçu. Mais si Kenji avait réellement découvert quelque chose d'important, cela aurait été trop facile ! Ce dernier aurait juste pu leur expliquer, d'emblée, de quoi il s'agissait au téléphone au lieu de faire son malin. Pour épater Izia, probablement. Jawau avait remarqué que Kenji la regardait beaucoup... et que cela plaisait à Izia.

– Skill, non ! ordonna Kenji.

Assis en position d'attention, oreilles en cône, le chien-loup dévorait les bébés chats du regard en agitant furieusement la queue.

– Ils sont trop mignons, s'attendrit Izia en s'accroupissant pour les examiner.

Le blanc avait des yeux bleu-vert et de petites taches rousses et marron sur le sommet de la tête. Sa petite truffe était toute rose, comme l'intérieur de ses oreilles. Le roux avait les prunelles entièrement bleues et semblait plus vigoureux.

Izia plaça délicatement le blanc dans le creux de sa paume. Le bébé se tortilla en crachant de peur et de colère.

– Minuscule mais déjà féroce ! commenta-t-elle. Un vrai mini-lion !

– Un micro-lion, blagua Kenji.

En souriant, Izia attrapa le chaton par la peau du cou, ainsi que l'aurait fait une chatte, et l'animal ne bougea plus.

– J'adopte celui-ci. Et toi, Kenji, tu prends l'autre.

– Je ne peux pas. Skill le tuerait. Et de toute façon, ma mère ne serait pas d'accord. Elle a déjà du mal à accepter Skill, alors...

– Alors on embarque les deux, et on verra bien, déclara Jawau en s'emparant du chat roux qui, aussitôt, se contorsionna follement. Chut, fit-il d'un ton apaisant, ça va aller, on ne te veut pas de mal.

– Tu crois qu'il te comprend ? se moqua Kenji. À mon avis, il crève de trouille et de faim.

Jawau glissa le chaton dans la poche de son blouson. Izia fit de même.

– Ce n'est vraiment pas le trésor que j'imaginais, mais ça valait le déplacement, avoua Jawau.

– Les animaux sont des trésors ! lança Izia.

Et elle posa une main rassurante sur sa poche intérieure d'où le chaton s'efforçait vigoureusement de jaillir.

– Aïe ! Il a déjà des griffes drôlement coupantes ! s'écria-t-elle.

– Ce n'est pas une peluche, pouffa Jawau qui, lui aussi, avait toutes les peines du monde à maintenir le petit roux à sa place. On y va.

– À propos de trésor, il existe pour de bon, je parie, reprit Kenji. Vous voyez ce vieux mur ?

Il désigna les ruines recouvertes de lierre.

– Je vous signale que c'est un vestige.

– De quoi ? demanda Izia.

– De la commanderie Payens : la maison principale des chevaliers de la famille d'Hugues et Madeline.

– Comment tu connais ce genre de choses, toi ?

Kenji esquissa une moue malicieuse.

– Par Marco, tiens... Il est à Valrêve depuis longtemps ! Quand il a appris que vous saviez enfin – parce que franchement, ils ont mis du temps à vous mettre au courant de ce secret ! C'est ce que mon oncle m'a expliqué lorsqu'il a été, lui aussi, autorisé à m'en parler – il m'a conseillé de vous montrer cet endroit. Je suis venu en repérage tout à l'heure, et là, j'ai entendu des miaulements.

– Peut-être que ces chatons sont la réincarnation des chevaliers, plaisanta Jawau, s'efforçant d'ignorer la remarque de Kenji sur le silence de leur père.

– Ah, ah.

À ce moment-là, quelque part dans la forêt, un coup de feu éclata, sec, comme une soudaine pétarade qui résonne dans le silence. Des pépiements retentirent, suivis de bruits d'ailes : un groupe d'oiseaux, petits de taille, des moineaux sans doute, s'enfuyait précipitamment au-dessus des arbres.

– Des chasseurs ? s'écria Izia en pâlissant. Je croyais qu'il n'y en avait plus !

– C'est parce que Jawau s'est moqué des Templiers, ironisa Kenji. Ils se vengent. La malédiction des Templiers, vous connaissez ?

– Nul, ton humour, marmonna Izia en regardant autour d'eux avec effroi.

– Bizarre, mais je m'attendais presque à ce qu'il y ait des chasseurs, lâcha Jawau, gagné par une colère sourde. Je ne fais pas confiance au vieux sapajou. C'était trop beau pour être vrai.

– C'est qui le « vieux sapajou » ? demanda Kenji.

– Le vieux Payens. Je lui ai donné ce surnom.

– Pour ne pas l'appeler s... sagouin, renchérit Izia. Il y a neuf ans, il a tué la mère de Gala.

– Oui, tout le monde le sait, maintenant, répondit Kenji, sourcils froncés. C'était écrit dans le journal. Mais il avait promis qu'il n'y aurait plus de chasseurs ici. C'est peut-être un braconnier ?

– Peut-être, fit Jawau, inquiet, en jetant un coup d'œil circulaire.

Ils s'étaient aventurés à l'écart du sentier principal, et des futaies clairsemées les entouraient. Il se souvint alors, de manière fugace, de la forêt au Kenya. Là-bas, la végétation et les hauts arbres étaient si denses que lorsqu'on criait l'écho ne résonnait même pas.

Ici, tout s'entendait. Mais à cet instant, peut-être pas leurs voix.

– On rentre, décida-t-il. Grouillons-nous !

– Skill, demi-tour ! Ne vous inquiétez pas, avec lui, on ne risque rien. Il nous défendra, poursuivit Kenji.

Le chien-loup trottinait à petites foulées autour d'eux, oreilles aux aguets. Lui aussi avait perçu le danger.

– Skill ne peut rien contre un fusil, observa Izia en se hâtant.

Les feuilles mortes et les brindilles bruissaient sous leurs pas, craquements trop légers. Le pire des scénarios serait qu'on les prenne pour des proies.

– Il faut faire du bruit, dit Jawau en extirpant son téléphone de sa seconde poche.

Il avait refermé l'autre afin que le chaton ne s'en échappe pas, laissant juste une petite ouverture pour l'oxygène. Izia avait agi de même.

– Qui appelles-tu ? interrogea-t-elle.

– Personne, je mets de la musique.

Jawau lança une playlist au hasard et monta le volume à fond. Les paroles d'un rappeur français s'élevèrent, surprenante mélopée saccadée au milieu de la forêt. *« Je croyais que tu étais sincère, mais ce n'était qu'un air, un air de rien, un coup de poing, la colère qui me ronge est comme un rat qui rogne le bois... »*

– Ça détonne comme des balles, dit Kenji.

– C'est moche, grimaça Izia.

– Objectif sauve-qui-peut ! répliqua Jawau.

Ils couraient quand un nouveau coup de feu retentit… Suivi d'un deuxième, pas très loin derrière eux. Puis un troisième claqua, encore plus près. L'onde de choc, sinistre, résonna longuement dans le silence.

Skill se mit à aboyer avec rage.

Jawau, Izia et Kenji prirent leurs jambes à leur cou.

CHAPITRE 4

Un air de tonnerre… et douceurs après les peurs

Ikta avait été endormie afin qu'ils puissent l'examiner et, de ses mains gantées de latex, Antoine palpait attentivement chaque partie du corps à la belle fourrure blanche de la louve. Marco et Léa observaient, prêts à intervenir si besoin. Le sommeil artificiel d'une anesthésie comportait inévitablement des risques tels qu'un problème cardiaque ou une apnée respiratoire[8]. Heureusement, la bonne santé d'Ikta jouait en sa faveur.

– Je ne perçois rien... Rien du tout, soupira Antoine en terminant sa consultation. On va effectuer des radios.

---

8. Apnée respiratoire : interruption de la fonction respiratoire pendant un très court moment, ce qui peut être très dangereux.

Ils portèrent Ikta jusqu'à la salle voisine, et la placèrent délicatement, allongée d'un côté puis de l'autre, sur le dispositif d'imagerie médicale. Antoine déclencha les mesures radiographiques, qui s'affichèrent à l'écran du moniteur relié. Après qu'ils eurent scruté les clichés, qui ne révélaient rien de particulier, Antoine décida de procéder à une échographie. La petite clinique vétérinaire de Valrêve disposait d'un appareil portable, très pratique.

– Il faut qu'on comprenne pourquoi elle a refusé de se laisser saillir par Tusk alors qu'elle est en chaleur. Il y a forcément une explication à son comportement agressif.

Léa et Marco contemplaient la louve aux yeux clos, totalement détendue sur la table d'examen. Elle respirait bien. On lui avait mis une protection de plastique entre les mâchoires, une espèce d'os, pour qu'elle ne se morde pas la langue à cause d'un réflexe de déglutition ou autre.

Léa paraissait plus soucieuse que jamais. Étant la soigneuse des deux loups, elle les aimait beaucoup.

– J'espère qu'on va trouver ce qui ne va pas...

– Ce serait plus simple si la cause était organique, dit Marco. Dans le cas où ce serait lié à un trouble du comportement, ce sera plus compliqué.

– Ne pensons pas à cette hypothèse-là pour l'instant, rétorqua Antoine. Comme en médecine humaine, on procède étape par étape, et on agit en conséquence, après diagnostic. Restons constructifs.

Pour ne pas dire « optimistes ». C'était sa nature, il se concentrait toujours sur les éléments positifs, les pistes de solutions ou d'améliorations. Mais il arrivait qu'il n'y ait aucune issue, aucun mieux-être possible de l'animal, et seule l'injection ultime, létale, était recommandée : la terrible euthanasie. Durant ses premières années de pratique vétérinaire, Antoine avait été tourmenté, déchiré à ce sujet, se retrouvant quelquefois en larmes. Puis, au fil du temps, il avait surmonté cette question sensible en y trouvant un sens philosophique, presque écologique : agissant ainsi, il permettait à l'animal, quel qu'il soit, grand ou petit, jeune ou âgé, de ne plus souffrir et de finir son existence de manière respectueuse, sans acharnement thérapeutique. Parfois, Antoine avait même eu l'impression – il ne pouvait pas se débarrasser d'un reste d'anthropomorphisme ![9] – qu'avant la piqûre fatale certains animaux le regardaient avec... reconnaissance. Aucun animal n'appréciait de ne plus pouvoir marcher, chasser, manger, vivre en toute autonomie. Les derniers instants étaient toujours chargés d'émotion, bouleversants.

Antoine procéda à l'échographie par voie interne afin d'examiner la paroi utérine et les ovaires de la louve qui, à sa connaissance, n'avait jamais eu de petits.

L'image laissa rapidement apparaître un kyste important sur l'ovaire droit. Une tumeur maligne ? Léa et Marco laissèrent échapper un même soupir d'inquiétude.

---

9. Anthropomorphisme : fait de projeter des caractéristiques humaines sur l'animal. Par exemple, mettre des vêtements à un chien. L'animal n'est pas un humain. Il n'en éprouve pas moins des émotions et est doué d'intelligence, nous le savons bien !

– Et voilà, marmonna Antoine. Ikta doit avoir mal. Cela explique parfaitement son refus de saillie. D'instinct, et à cause de la douleur, elle sent qu'elle n'est pas en état de se reproduire.

Ennuyé, il continua l'examen pour prendre plusieurs clichés qu'il imprimerait ensuite.

– Il faudra pratiquer une biopsie pour analyser les tissus.

– Si c'est grave, elle ne pourra plus avoir de petits, en déduisit Marco.

– Dans le cas d'une ovariectomie[10], elle deviendrait stérile, oui, mais elle serait sans doute sauvée. On va l'observer pendant les prochains jours, voir si elle se lèche comme d'habitude, si elle a bon appétit. Il faut qu'elle soit le plus en forme possible avant l'intervention. Je vais informer Hugues et Madeline, conclut Antoine, attristé mais soulagé d'avoir identifié la source du problème.

---

10. Intervention chirurgicale au cours de laquelle on retire un ou les deux ovaires.

Pendant qu'il notait ses observations, Marco et Léa transportèrent Ikta dans une grande cage garnie de paille où elle demeurerait sous surveillance jusqu'à son réveil qu'ils provoqueraient d'ici peu en injectant l'antidote à l'anesthésie. Après, si tout allait bien, la louve serait ramenée dans son enclos. On lui donnerait à boire et à manger, une bonne ration de viande pour compenser le jeûne préanesthésique obligatoire.

Ils finissaient de ranger et de nettoyer la salle d'examen quand Nadia apparut sur le seuil de la pièce. Croisant son regard clair, Antoine y perçut de l'affolement.

– Qu'est-ce qui se passe ?

– Il y a des chasseurs ! annonça-t-elle. On a entendu tirer !

– Quoi ? L'interdiction de la chasse a été publiée dans la presse et affichée sur des panneaux aux quatre coins de la forêt ! s'indigna Antoine.

– Le temps que les habitués prennent connaissance de ce changement, il peut y avoir des loupés, répliqua

Marco, les sourcils froncés. On va tout de suite le signaler !

– Les enfants sont là-bas ! coupa Nadia, pâle d'inquiétude. Avec Kenji, à qui j'ai donné la clé du portail, et Skill. Ils voulaient commencer leurs recherches, vous savez... Oh mon Dieu !

Antoine fut soudain submergé par l'angoisse, imaginant le pire malgré lui. Jawau, Izia et Kenji victimes d'une balle perdue... Les accidents de chasse arrivaient, hélas, plus souvent qu'on ne l'imaginait. Il s'obligea à ignorer les images sanglantes qui jaillissaient à son esprit, s'accrochant à l'espoir qu'ils s'étaient déjà enfuis de la forêt, sains et saufs.

La gorge sèche, il appela Jawau. Aucune réponse. Il contacta Izia, mais tomba également sur la messagerie. De son côté, Marco s'efforçait de joindre Kenji. Sans succès.

– J'envoie un SMS groupé, déclara Antoine en ôtant et en jetant ses gants en latex d'un geste rageur. Marco, quel est le numéro de Kenji ?

Marco le lui dicta et, rapidement, Antoine rédigea un bref message mettant en garde les trois adolescents : « Gare aux chasseurs, revenez ! » Mieux valait être clair et explicite, sinon les jeunes n'obéiraient pas.

– Je prends le quad et file en forêt, décida-t-il. Marco ou Léa, allez prévenir Hugues pour qu'il contacte la gendarmerie.

– Je m'en occupe, promit Marco. Mais Skill est avec eux, et ce chien déteste les coups de feu. Ça le met en rage et quand il aboie, on l'entend de loin !

– C'est vrai, renchérit Nadia, qui retrouvait peu à peu des couleurs. Skill a un instinct ultra-protecteur !

– Merci, les amis, lança Antoine, j'apprécie que vous tentiez de me rassurer… Allez, à plus tard.

Quelques instants plus tard, il s'enfonçait dans la forêt. Il accéléra par à-coups, produisant des rugissements de moteur qui effraieraient animaux, oiseaux... et chasseraient les chasseurs !

Tout en sillonnant les bois jonchés de feuilles mortes, Antoine sentait sa colère se transformer en indignation.

Comment un incident aussi grave avait-il pu survenir ? La chasse était dorénavant interdite dans le domaine forestier de Valrêve. La décision avait été publiée. L'information était passée plusieurs fois sur les chaînes de radio locale. Lui-même l'avait entendue. Était-ce comme au Kenya, où les braconniers sévissaient ?

Pendant un long moment, Antoine scruta arbres et buissons tout en roulant plus lentement, espérant tomber sur les enfants, ou sur les individus qui avaient tiré. Mais il ne vit personne. Il finit par couper le contact afin d'écouter le silence et appela à voix haute. Seule sa voix résonna sous les cimes dénudées. Une bise glaciale commençait à souffler, mordante. Noël approchait. Avec des chutes de neige, peut-être ? Izia et Jawau n'avaient encore jamais vu la neige…

Il aurait tant voulu que, pour sa famille, qui entamait une nouvelle vie à Valrêve, ce Noël ne soit pas comme les autres ! Histoire de marquer le coup, de montrer qu'en dépit des épreuves de la vie on pouvait encore croire aux joies simples, s'amuser, rire, partager…

et bâtir un avenir réjouissant. On ne pouvait pas vivre dans le chagrin et la tristesse de façon prolongée. Il fallait réussir à faire le deuil, à tourner la page. Et plus que jamais, il tenait à encourager ses enfants dans cette voie. Il sentait à quel point Jawau et Izia s'efforçaient d'affronter la réalité autant que possible. Ils avaient refusé de consulter un psychologue après la mort de leur mère, affirmant que Fati, et Mamouna, leur grand-mère, les consolaient, les aidaient, chacune à leur manière, grâce à leur amour inconditionnel. Mais ici, en France, ils étaient plus seuls que jamais.

L'idée d'une surprise merveilleuse s'imposa alors à Antoine. Si ce qu'il envisageait à cet instant se concrétisait, ce serait le plus beau des cadeaux...

Remettant le moteur en marche, Antoine effectua un demi-tour sur le chemin qui menait à la lisière du refuge et repartit. À un moment, comme il roulait doucement, il aperçut un objet métallique dans une ornière boueuse. Une clé, constata-t-il en s'arrêtant pour le ramasser. À qui appartenait-elle ? Il la mit dans sa poche et redémarra. S'il était déçu de ne pas avoir attrapé les chasseurs, il éprouvait surtout un immense soulagement : de toute évidence, Jawau, Izia et Kenji n'étaient plus là. Ils l'auraient entendu.

*
**

Impalpable et pourtant réel

Izia souffrait d'un point de côté tellement ils avaient couru vite. Elle avait eu l'horrible impression d'avoir le diable à ses trousses. Une créature rougeoyante, hideuse, qui leur voulait du mal. Comme dans les cauchemars qui peuplaient ses nuits quand elle était malade et fiévreuse.

Elle ne respira que lorsque Jawau, Kenji, Skill et elle se furent engouffrés dans la cuisine. Le chaton blanc, qu'elle tenait à présent dans ses deux mains, miaulait désespérément.

– Ouf ! On est sauvés ! lança-t-elle en cherchant aussitôt où le placer en sécurité.

Bakota et Yakou venaient tous deux de bondir dans la pièce, attirés par ce remue-ménage inhabituel… Avisant Skill, Bakota sauta immédiatement sur une poutre, perché à l'abri au-dessus de tout le monde. Il secouait nerveusement sa longue queue à rayures blanches et noires. Yakou se hérissa et fit le dos rond avant de décamper. Pas plus que le lémurien de Jawau, le chat d'Izia n'appréciait Skill. Le chien-loup de Kenji était un prédateur pour eux.

– Ils ne nous auraient quand même pas tiré dessus ! dit Kenji.

– Théoriquement, non… Sauf qu'ils n'étaient pas loin, quand même, rappela Jawau. Perso, je me méfie des chasseurs.

Il sortit le chaton roux de sa poche et l'observa :

– Salut, toi, tu as aimé le voyage ?

La petite bête lui cracha dessus.

– Merci, sympa…

Et Jawau souffla sur lui. Les minuscules oreilles du chaton s'aplatirent.

– Cool ! protesta Izia, choquée. Tu vas le traumatiser encore plus. Une grande boîte, un carton, voilà ce qu'il leur faut. Oh, j'ai une idée !

Elle alla chercher une valise dans le placard de l'entrée, et la déposa directement sur la table de la cuisine. Puis, ravie, elle l'ouvrit et mit le petit chat blanc à l'intérieur. Sans hésiter, Jawau posa le chat roux à côté. Les chatons piaillèrent en se frottant l'un contre l'autre.

– Ils doivent être morts de faim, observa Izia, rassurée par leur comportement.

Elle prépara une coupelle de lait additionné d'eau, et versa dans un bol des croquettes de Yakou qu'elle humidifia au préalable. Les chatons ne tardèrent pas à laper et à dévorer.

– Des chasseurs dans la forêt où il y aurait un trésor... Pfff, c'est n'importe quoi, marmonna Izia en s'asseyant pour regarder les petits chats. Je ne sais pas ce que vous en pensez, mais moi, je refuse de risquer ma vie.

– Tu exagères à peine, se moqua gentiment Kenji. Pourquoi vous avez eu peur comme ça, Jawau et toi ? Ils n'allaient pas nous confondre avec des lapins !

– Peut-être parce qu'au Kenya on pourchassait les braconniers. C'était comme dans une guerre, précisa Izia.

Des images revinrent à sa mémoire. La savane desséchée par le soleil brûlant, la terre rouge, les orages si impressionnants, mais salvateurs, car offrant l'eau bénie, les rangers prêts à tout pour aider les grands fauves, les éléphants, les impalas... Et les autres, leurs ennemis, également prêts à tout pour tuer illégalement des bêtes sauvages contre de l'argent.

– Izia dit la vérité, admit Jawau. On a vu de drôles de choses, en Afrique. C'est très différent, ici. On n'est pas encore vraiment habitués.

Kenji ébaucha un sourire compatissant. Depuis qu'il avait ôté son bonnet de laine, un épi se dressait dans ses cheveux blonds, au niveau de sa frange trop longue.

– Je comprends. En plus, comme votre mère n'est toujours pas là, ça doit être encore plus dur, pour vous, de trouver des repères et de...

– Notre mère ? coupa Jawau. Qu'est-ce que tu racontes ?

Se détournant brusquement des chatons, Izia regarda son frère droit dans les yeux. Pourvu qu'il ne trahisse rien... Pas maintenant ! Pas à Kenji ! Ni à personne d'ailleurs...

Le sang bourdonnant à ses tempes, elle se concentra de toutes ses forces pour qu'il capte ses pensées. Parfois, ils partageaient ce drôle de truc de médium, à moins que ce ne soit de la télépathie... Là, tout de suite, il fallait que ça marche !

Jawau l'observa et arqua un sourcil étonné. Puis il acquiesça d'un discret signe de tête et grimpa prestement sur une chaise pour attraper Bakota.

– Viens, mon beau lémurien doué de pouvoirs magiques. Viens dans mes bras, j'ai besoin de toi, tu es là, toujours là...

Le petit primate se laissa câliner, fixant ses grands yeux tout ronds sur son maître.

– Il a l'air d'une chouette ahurie ! s'exclama Kenji.

– Une chouette ? Mon Bako ? Attention, tu te moques de lui et ça peut ne pas lui plaire, plaisanta Jawau. Quand il n'est pas content, il lâche un pet puant !

Kenji s'écarta en riant, et Izia réprima un soupir de soulagement.

Il a compris...

Aussi surprenant que cela puisse paraître, oui, il avait dû deviner ce qu'elle n'avait pas osé formuler à voix haute.

À ce moment-là, le téléphone de Kenji sonna quasiment en même temps que celui de Jawau.

– Allô ? firent-ils en chœur.

C'étaient Marco et leur père. Jawau et Kenji répondirent la même chose : oui, ils étaient en sécurité. Non, ils n'avaient pas vu de chasseurs. Mais ils les avaient entendus, oh oui, et pas qu'un peu...

– Je dois y aller, dit Kenji après avoir raccroché. Marco m'attend pour déjeuner. Allez, Skill, on file !

Le chien-loup vint aussitôt à ses pieds, prêt à le suivre.

– *See you later !* lança Izia.

– ... *alligator !*[11] compléta Jawau.

– Ciao les potos ! répliqua Kenji. Tenez-moi au courant si vous apprenez quoi que ce soit à propos de ces ***** de chasseurs. Soignez bien les bébés. Bon, ils ont l'air d'être en forme, ajouta-t-il en contemplant les chatons.

Il enfila son blouson, fouilla dans ses poches et s'écria :

– Je n'ai plus la clé ! Nadia m'a prêté la clé du portail qui donne sur la forêt, et je devais la lui rendre ! Grrr... Marco va encore m'accuser d'être tête en l'air !

– Ce n'est pas grave si tu as une mémoire de poule ! lança Izia, qui avait maintenant hâte que Kenji s'en aille.

Kenji se mit à rire.

---

11. *See you later alligator !* : expression intraduisible littéralement, qui signifie « à plus tard, au revoir », et qui rime (*later* et *alligator*). Cela pourrait être l'équivalent, par exemple, de « Ciao mon poto ».

– Depuis quand les poules ont de la mémoire ?

– C'est une expression africaine, précisa Jawau en riant. En tout cas, pour la clé, on a une bonne excuse...

– C'était sauve qui peut ! renchérit Izia.

– Oui... Bon, ben en attendant, moi, je me sauve, dit Kenji. *Ciao !*

Une fois Kenji parti, Jawau se tourna vers Izia. Il tenait toujours Bakota dans ses bras. Le vieux lémurien était de plus en plus attaché à lui, et cela se voyait à la manière dont il recherchait le contact de son maître.

– Tu m'expliques ?

La gorge serrée, Izia commença à éplucher une clémentine qu'elle découpa ensuite en quartiers, puis en demi-quartiers. Elle en mangea quelques-uns lentement.

– Izia... J'attends.

Elle jeta un coup d'œil à son frère et l'appréhension, mêlée de remords, lui comprima la poitrine. Elle savait qu'il ne la jugerait pas. Pourtant, à cet instant, elle éprouvait la même sensation que lorsqu'elle devait plonger dans la piscine ultra-chlorée et trop froide de Tourlon.

– Jette-toi à l'eau, encouragea Jawau, en écho aux pensées d'Izia.

Elle croqua un autre morceau de clémentine. La chair éclata dans sa bouche et le jus, acide et sucré tout à la fois, lui piqua légèrement la langue.

– De toute façon, je voulais te le dire tout à l'heure, avant qu'on parte en forêt, avoua-t-elle. En fait, voilà : j'ai menti à propos de maman.

Jawau s'installa en face d'elle et l'observa attentivement.

– C'est-à-dire ?

– J'ai raconté à Kenji que maman était toujours vivante, lâcha Izia.

Une lueur incrédule brilla dans les yeux bleu-vert de Jawau.

– J'ai dit la même chose à Vicky, poursuivit Izia. Elle croit que maman viendra à Noël, et peut-être que d'autres le pensent aussi. Pas les profs, je crois, quoique...

Je n'ai pas écrit la vérité sur les fiches que certains nous font remplir au début de l'année, tu sais ? Dans la case « profession du père et de la mère », j'ai mis « vétérinaire » pour les deux.

Jawau la regardait fixement, bouche bée.

– Ce qui est vrai... Un mensonge vrai, murmura-t-il. Maman était vétérinaire.

Puis il secoua la tête, l'air peiné.

– Izia... Je préfère ne pas te demander pourquoi tu as raconté ça.

– Tu peux, répliqua Izia d'une voix assourdie par l'émotion. C'est clair : en faisant comme si maman était toujours là, elle est toujours là.

– Mais elle est là... Dans ton esprit.

– Oui, pour toujours.

– Pour moi aussi, tu sais, confia tristement Jawau.

Après une courte pause, il ajouta :

– Il faudrait peut-être en parler à papa...

– Il serait fâché. Il déteste qu'on mente.

– Oui, mais là, ce n'est pas un vilain mensonge, répliqua Jawau.

Un silence s'établit quelques secondes, troublé uniquement par les petits bruits émis par les chatons qui jouaient dans la valise transformée en nid douillet.

– Je voulais juste ne pas être obligée d'expliquer aux autres ce qu'on vit, reprit Izia, soulagée de pouvoir, enfin, partager ses sentiments. J'ai du mal à me faire des amis, et ce qui s'est passé avec Vicky m'a rendue encore plus méfiante. Je parie que c'est elle qui m'a piqué mon journal !

Jawau acquiesça, le visage sombre.

– Tu le retrouveras...

– J'espère ! Le voleur saura tout sur moi et... Oh, Jawau, j'aurais tellement aimé qu'on soit une famille normale, gémit Izia.

– Une famille normale ? C'est quoi ?

– Ben... Un père, une mère, des enfants, des animaux domestiques...

– Donc comme nous.

– Euh... Presque. Nous, on vit dans un refuge pour animaux sauvages.

– Et c'est difficile à supporter, c'est ça ? interrogea une voix grave.

Izia et Jawau se retournèrent brusquement. Leur père se tenait sur le seuil de la cuisine. Depuis combien de temps était-il là ? Qu'avait-il entendu au juste ? Il fronçait les sourcils, l'air soucieux. Ses cheveux étaient en bataille et il portait un épais blouson ainsi que des gants de moto.

– On t'expliquera, papa. Ça va ? demanda Jawau.

– Mieux depuis que je sais que vous êtes ici, en sécurité. Je suis parti vous chercher dans la forêt. Nadia a signalé la présence de chasseurs, ajouta Antoine d'un ton où perçait autant d'indignation que de colère.

– On y était quand ils tiraient, confirma Jawau. Mais on s'est vite sauvés.

– On a eu plus de frousse que de mal, renchérit Izia, espérant ne pas trop trahir son désarroi à l'idée que son père ait pu surprendre ses propos.

– Plus de peur que de mal, rectifia son père. Et Kenji ?

– Il est reparti avec Skill. Marco l'a appelé. Ne t'inquiète pas, papa, on a assuré, ajouta Jawau.

– Mais on croyait que la chasse était interdite ! lança Izia.

– Elle l'est. Hugues a contacté la gendarmerie pour déposer une plainte, et la radio locale diffuse dès maintenant une nouvelle annonce, spéciale, et ce pendant plusieurs jours, afin que tout le monde soit correctement informé, précisa Antoine. Hugues va également faire poser des panneaux supplémentaires à d'autres endroits de la forêt, le long des clôtures et à l'entrée du domaine forestier, qui restera fermé à la promenade en attendant qu'on soit certains que tout va bien.

Il regarda ses enfants avec attention.

– Je ne veux pas que vous y retourniez. Pas pour l'instant, du moins.

Izia échangea un bref regard avec Jawau.

– Et le trésor ? Comment on va le retrouver ?

– Vous reprendrez vos recherches plus tard. Compris ? Je peux compter sur votre sagesse ? Je ne plaisante pas, insista Antoine.

– D'accord, promirent-ils à l'unisson.

Leur père ôta ses gants et son blouson, puis il se prépara un café et contempla les chatons.

– Tiens, la famille s'agrandit déjà ?

– On les a découverts à côté des vestiges de la commanderie Payens, dans la forêt, expliqua Izia.

Et elle raconta ce qui s'était passé d'un ton animé, espérant ne pas avoir à évoquer son mensonge...

Mais Antoine s'assit et, après l'avoir écoutée et proposé d'examiner les bébés chats pour vérifier qu'ils se portaient bien, il dévisagea sa fille avec gravité.

– Je t'ai entendue, ma chérie, tout à l'heure... En fait, je vous ai entendus, tous les deux. Il va falloir qu'on discute tranquillement, Jawau, toi et moi... Et aussi que je rencontre certains de tes professeurs, tu ne crois pas ?

Izia sentit une boule se former dans sa gorge. Refoulant ses larmes, elle acquiesça en silence. Oui, peut-être que c'était vraiment la meilleure solution. Son père annoncerait la vérité à ceux qui devaient la connaître, et ensuite, elle-même n'aurait plus qu'à rectifier auprès de Vicky et de Kenji... Le moment venu. Après Noël... Ou avant. Elle verrait bien. Ce n'était pas cela, le plus important. Ce qui comptait, c'est que soudain elle se sentait moins seule. Son mensonge l'avait obligée à rester secrète ; à ne pas être elle-même, à faire semblant...

Finalement, mentir avait tout aggravé.

CHAPITRE 5

Quand l'imprévu s'invite

Les premiers flocons tourbillonnaient dans le ciel, de la neige fondue, fine et glaciale sur les joues. Sous le préau, le froid s'engouffrait tandis que les autres jouaient ou bavardaient sans se préoccuper de ce qui lui importait.

Tant mieux.

Le carnet à couverture violette sembla s'ouvrir tout seul.

12 août

Maman, tu me manques... Ici, ça s'appelle Valrêve, mais j'ai surnommé l'endroit Valcauchemar parce que rien ne me plaît sauf les animaux du refuge. Jawau me dit qu'il faut que j'accepte d'être en France et que je change ma manière de regarder les choses, comme ce que tu nous répétais : ce n'est pas le paysage qui est laid, c'est ta façon de l'observer qui doit se transformer. Je n'y arrive pas... Je trouve que c'est moche, moche, moche !

25 août

Maman, pourquoi c'est si dur, la vie ? Tu es loin, trop loin, mais heureusement, je te sens près, tout le temps, surtout quand j'écris, tu es là, auprès de moi, invisible, partout, dans l'air, le ciel, les nuages, les feuilles, le regard de mon chat, des lions, des chevaux, de Réglisse l'ânesse... Personne ne me comprendrait si je racontais ça. On me traiterait sûrement de folle… Moi, ça me fait rigoler.

Jawau a l'air plus heureux parce que maintenant il s'occupe des éléphants ici, et une lionne appelée Glia lui a tapé dans l'œil, il imagine que c'est Gala, tu sais, sa lionne, notre lionne. Genre le miracle.

Ce serait miraculeux si, moi aussi, je trouvais quelque chose de spécial à réaliser à Valrêve, peut-être avec les chevaux et les ânes ?

30 août (ou 31, ou 32 ah ah)

Je n'aime pas trop Nadia, elle est souvent là, tu crois qu'elle va prendre ta place ? Elle fait nos courses, et elle aime bien papa, ça se voit comme le museau au milieu de la figure ! Moi, en fait, je vais vraiment la détester si elle s'incruste.

Un mélange de culpabilité et de curiosité l'envahit. Tous les secrets d'Izia se trouvaient là, sous ses yeux...

2 septembre

J'ai l'impression de débarquer d'une autre planète. L'Afrique, ici, c'est le nom d'un continent décrit dans le livre de géographie, c'est la terre des lions, comme au cinéma ou dans les romans, c'est un monde qui semble imaginaire. Personne n'a l'air de connaître la vraie vie là-bas, la chaleur comme la chaleur humaine, la gentillesse des gens qui me manque tellement. Les rires, surtout... Ici, on ne rit pas beaucoup, c'est fou.

Quand j'ai dit, en cours, que les lions sont en voie d'extermination, je me demande si on m'a crue.

On a entendu parler du Kenya aux nouvelles, des histoires d'élection, de corruption et de guerres entre politiciens, je n'y comprends rien, et au fond, ça m'est égal. J'aimerais juste que Fati puisse nous rejoindre. Elle a promis d'être près de nous puisque toi, tu n'es plus là physiquement, mais pour l'instant, elle aussi est absente, et du coup, ça fait beaucoup…

4 septembre

La rentrée était nulle. Nulle ! Je n'aime pas Tourlon, je n'aime pas le collège, je voudrais être à Wild Field, ici, ils sont tous blancs, des toubabs, je me sens comme un alien !

10 novembre

Pourquoi papa n'a pas voulu tout nous dire sur Hugues P. ? C'est louche !

30 novembre

J'ai reçu un e-mail de Fati… Et j'ai écrit à Mamouna, ma grand-mère chérie, mais comme je me souviens qu'elle ne sait pas lire, j'ai demandé à Fati de lui porter mon message, quand elle pourra la voir au village.

1er décembre

Je sais que Jawau a une idée derrière la tête avec Gala, Tilly et les bébés. Moi aussi avec les ânes et les chevaux... s'ils me laissent faire !

Poursuivre la lecture lui donnait l'impression d'une affreuse trahison qui lui laissait un goût amer dans la gorge. Il aurait fallu cesser tout de suite, mais sa curiosité était trop forte.

Au début de son journal, Izia avait dessiné des chats, gribouillé des croix, des nuages, des entrelacs de feuilles qui représentaient le symbole mathématique de l'infini. Il y avait aussi un poème :

Dans l'au-delà, tu es là
Ton absence est présence
Tu n'as pas disparu
Sur ta maison éternelle
J'ai disposé des chrysanthèmes...
Parfois, le vent me parle de toi...

Des larmes lui montèrent aux yeux.

Sur le sol du préau, soufflés par une bise de plus en plus mordante, des cristaux de neige s'éparpillaient en une fine couche blanche, telles les pages qu'Izia n'avait pas encore écrites.

Il faudrait rendre ce carnet avant d'en lire davantage. Le plus vite possible.

*
**

La nuit, tous les ânes sont gris

De drôles de petites boulettes de coton tombaient du ciel. Des petites billes blanches qui venaient s'écraser sur les toits et les recouvraient d'une ouate d'apparence onctueuse. « Une sorte de crème Chantilly naturelle », songea Izia avec amusement, admirant l'allure que prenait peu à peu le paysage. Sauf le sol... Là, c'était devenu une vilaine pataugeoire noircie par les pneus des bus scolaires et des scooters.

Frottant ses mains protégées par des gants de laine mauve, elle regarda autour d'elle, espérant apercevoir Jawau. Mais il avait dû finir plus tôt. Kenji n'était pas là non plus. Dommage… Elle lui aurait confié que c'était la première fois qu'elle voyait la neige, que pour elle c'était magique, semblable aux images des livres pour enfants qui l'avaient fait rêver au Kenya.

Le parking était plein de monde, comme chaque jour à la fin des cours, et de la vapeur sortait de toutes les bouches. À croire que chacun crachait du feu.

Apercevant alors Vicky qui se dirigeait vers son arrêt de bus, Izia revint brutalement à la réalité et fonça vers la fille à la doudoune rose. Il fallait qu'elle lui dise ses quatre vérités. Tout de suite. Ce serait clair, rapide, net.

– Hé, Miss...

Elle faillit ajouter « Hypocrotte », se retint de justesse.

Vicky l'observa d'un air méfiant. Sous son bonnet à pompon rose, ses longs cheveux lisses retenaient de petits flocons brillants.

– Qu'est-ce qu'il y a ?

– Ce ne serait pas toi qui m'aurais piqué un carnet avec une couverture violette, par hasard ?

– Quoi ? Quel carnet ? demanda Vicky d'un air éberlué.

Izia ressentit une bouffée de colère. Évidemment, elle nierait.

– C'est ça, fais semblant, lança-t-elle, ignorant les regards curieux qu'on leur jetait. Rends-le-moi !

Vicky secoua la tête, visiblement sidérée.

– De quoi tu parles, à la fin ?

– De quelque chose que tu m'as pris. Je suis sûre que c'est toi.

– Tu te la joues trop victime, là ! Faut te faire soigner… Oh, la folle ! Franchement, celle-là, c'est une vraie folle, s'exclama Vicky en levant les bras d'un geste exaspéré.

Et elle courut attraper son bus, manquant de glisser dans une flaque de neige fondue.

Le cœur battant, impuissante, Izia la suivit du regard avant de filer, à son tour, en direction du car qui se rendait à Valrêve. Gorge serrée, au bord des larmes, elle garda les yeux baissés, consciente qu'on l'observait. Tant pis si elle s'était ridiculisée. S'il le fallait, elle recommencerait. Vicky ne s'en tirerait pas comme ça. Certainement pas !

Cette pensée ne la quitta pas de tout le trajet. Des idées de vengeance commencèrent à tourbillonner dans son esprit, aussi follement que les flocons de neige, avant de se déliter, s'amenuiser et disparaître, laissant Izia perplexe, un peu perdue.

L'agressivité, ce n'était pas son truc. Et puis, autant être franche envers elle-même, qu'est-ce qui lui prouvait que Vicky soit coupable ? Sauf que si ce n'était pas elle, qui était-ce ?

Découragée, Izia appuya le front contre la vitre froide et regarda le paysage enneigé défiler. Dans la pénombre de la nuit tombante, les arbres et le ciel semblaient se confondre. Bientôt, elle serait à la maison, au chaud. « Et seule », songea-t-elle, la gorge nouée. Jawau n'avait pas donné de nouvelles. Kenji non plus. Son père devait être encore en train de travailler. Il sortirait peut-être avec Nadia. Encore une fois. Tous les deux, ça collait.

Papa oublie maman... Papa sourit à Nadia... Nadia rit avec papa...

Elle aurait aimé écrire ces mots dans son journal. Elle aurait aussi aimé décrire ce qu'elle avait ressenti une fois son mensonge avoué. Demander pardon, promettre de ne pas recommencer, espérer ne jamais recommencer...

Espérer que le voleur du carnet s'en mordrait les doigts, parce qu'elle était triste, en vérité, triste à mourir parfois, et l'approche de Noël aggravait tout.

Une quinzaine de minutes plus tard, Izia poussait la porte de la grande bâtisse à colombages devenue celle de la famille Beaucaire. Elle se trouvait à l'orée de la forêt de Valrêve, particulièrement obscure à cette heure, masse encore plus sombre sous le brouillard qui commençait à tout envelopper.

En frissonnant, elle referma derrière elle et alluma.

La maison était vide, ainsi qu'elle l'avait imaginé. Mais un feu flambait dans le poêle et une bonne odeur de pâtisserie imprégnait l'air. Izia découvrit une appétissante tarte au citron meringuée sur la table, ainsi qu'un mot signé par Nadia : « Servez-vous ! »

Le gâteau préféré d'Izia… À coup sûr, son père l'avait indiqué à Nadia !

Après avoir enlevé écharpe, gants et blouson, elle fut tentée d'en prendre, se ravisa, et changea de nouveau d'avis, la gourmandise l'emportant sur son désir d'ignorer les signaux amicaux que Nadia multipliait à leur intention. La mousse citronnée, elle adorait ! Et celle-là se révéla excellente, constata-t-elle après avoir croqué à belles dents dans la part qu'elle venait de se couper.

Izia se prépara un chocolat chaud et s'installa à table pour goûter. Seul le tic-tac de l'horloge mural troublait le silence. Dehors, le vent soufflait.

Une idée germa alors dans son esprit. Puisque personne n'était là…

Après avoir caressé Yakou et les deux chatons qui dormaient, tous trois ensemble, dans leur valise, Izia ressortit, emmitouflée dans sa doudoune, un bonnet de laine enfoncé pratiquement jusqu'aux yeux. Fidèle à ses nouvelles habitudes, elle avait emporté des carottes crues et quelques morceaux de pain dur pour les chevaux et les ânes.

Il neigeait encore plus, ce qui l'enchanta. Inclinant la tête en arrière, elle ouvrit la bouche et laissa des flocons se déposer sur sa langue. Le contact glacé lui arracha un cri joyeux. Après quoi, ragaillardie, elle partit se promener dans le parc de Valrêve, s'attardant, comme chaque jour, devant les différents enclos.

Elle aimait observer les animaux, parfois leur parler à mi-voix ainsi qu'elle l'avait toujours fait. Le regard des ours, des chimpanzés, des lions, des chevaux, des ânes et des loups lui insufflait de la force, du réconfort. Mais à cette heure-là, à cause du temps, il n'y avait plus beaucoup de bêtes dehors. Izia aperçut Tusk, le beau loup blanc, seul. Ikta était à la clinique à cause de son opération. Le mâle lui parut plus magnifique que jamais avec son pelage crème assorti à la neige… Son élément naturel ! Les ours bruns paraissaient également heureux comme tout. Mais les éléphantes avaient déjà été rentrées dans leurs loges, de même que les singes. Les chevaux et les ânes se tenaient sous leur abri, tous sauf un...

Izia reconnut Réglisse, qui demeurait au milieu du pré, apparemment insensible au froid. Immobile, son ânesse préférée gardait le nez légèrement dressé comme si elle regardait les flocons tomber. Mais ce n'était pas ça... Et pas normal. D'instinct, les animaux se protégeaient. Que se passait-il ?

Inquiète, Izia ouvrit le portail, le referma et s'approcha de Réglisse qui se tourna vers elle avant d'esquisser quelques pas de côté en boitant. Était-elle blessée ?

Claquant la langue, Izia l'appela. Confiante, Réglisse ne s'enfuit pas.

– Hé, qu'est-ce qui t'arrive ?

S'éclairant tant bien que mal à l'aide de la torche de son portable, Izia essaya de lui examiner les pattes. Impossible de discerner quoi que ce soit dans la nuit, sous la neige... C'était même absurde d'essayer.

Pourtant, Izia s'obstina. Penchée en avant, fixant le petit halo lumineux qu'elle dirigeait sur le corps de Réglisse, elle scruta les flancs de chaque côté, puis la croupe et…

Soudain, un coup violent sur le genou la propulsa à terre, dans la boue glacée.

*
**

Je t'aime mais je ne le dis pas

Les prunelles de Lou avaient la couleur d'une herbe cristalline qui poussait sur le rivage du lac Naivasha, fine et translucide ; un vert éclaboussé de teintes d'or. L'image surgit à l'esprit de Jawau alors qu'ils entamaient leur seconde part de tarte au citron meringuée, aussi gourmands les uns que les autres. Loop, Lou et Niko, un grand brun aux yeux bleus – un bon 1,85 mètre –, beau gosse et bon élève. Ce dernier avait rejoint Lou en scooter car ils étaient censés se rendre ensemble au gymnase de Tourlon pour leur cours d'escalade. Sauf que la neige ne cessait de tomber, et qu'un vent mauvais soufflait par rafales.

– Avis de tempête… Ce soir, vous n'irez nulle part, dit Loop en jetant un coup d'œil à Niko.

Cette prudence étonna Jawau. Bastien, qui aimait se faire appeler « Loop » en référence aux lancers de lasso qu'il pratiquait avec son père, était plutôt du genre casse-cou. Mais de toute évidence, il veillait sur sa sœur.

– Tu as raison, fit Niko en prenant tendrement la main de Lou dans la sienne. On restera bien au chaud.

– Comment on va rentrer à la maison ? s'inquiéta Lou.

– Papa viendra nous chercher. Ou Marie. C'est la mère de Lou, alias la femme de mon père, précisa Loop à Jawau. En fait, je dis que Lou est ma demi-sœur, mais en réalité, elle est ma sœur de cœur… Ma petite sœur de cœur.

– Petite ? On a presque le même âge, je te signale, se moqua Lou.

– Oui, mais j'aime bien imaginer que tu es ma petite, toute petite sœur. C'est plus cool.

Et Loop sourit gentiment.

Croisant de nouveau le regard de Lou, Jawau éprouva une étrange émotion. Quelque chose de troublant. Il aimait son rire et ses yeux en amande…

Dans d'autres circonstances, une autre vie peut-être, il aurait confié à Lou, rien qu'à elle, ce qu'il avait partagé avec Gala, et elle l'aurait compris. Elle aurait aimé les lions, autant que lui, et n'en aurait pas eu peur. Elle aurait eu envie de découvrir le Kenya, et il l'aurait invitée à Wild Field. Ils auraient pris l'avion ensemble et…

– Miam, trop bonne, cette tarte ! reprit Loop, interrompant la rêverie de Jawau.

– Il faudra remercier l'amie de mon père. Elle veut qu'on l'accepte.

Loop esquissa un sourire entendu.

– La mère de Lou a agi de la même façon, il y a longtemps. Je devais avoir neuf ou dix ans, et un matin, j'ai versé un peu de liquide vaisselle dans son bol de café au lait...

– Carrément ? s'indigna Lou. Maman a dû être horriblement malade !

– Elle n'a même pas bu une gorgée, répliqua Loop en riant. Elle a tout recraché direct. Bizarrement, je ne me suis pas trop fait disputer… Mon père a dû comprendre que ma vraie mère me manquait.

En l'écoutant, Jawau pensa subitement à Izia. Pourquoi ne les avait-elle pas rejoints ? Elle devait être là puisqu'il avait remarqué son sac d'école par terre dans l'entrée.

Perplexe, il se leva et alla frapper à la porte de la chambre de sa sœur. Aucune réponse. Il entrebâilla le battant et aperçut Yakou qui somnolait sur le lit. Le chat lui coula un regard surpris avant d'enfouir de nouveau le museau dans la couette.

Un mauvais pressentiment envahit Jawau.

Encore une fugue ?

Non, quand même pas…

Mais avec Izia, l'impossible devenait parfois possible. Il lui téléphona et, tombant sur la boîte vocale, laissa un court message avant de retourner dans la cuisine. Lou, Niko et Loop le fixèrent d'un air interrogateur.

– Je ne sais pas où est Izia, expliqua-t-il, en proie à une désagréable sensation de déjà-vu.

– Elle a dû sortir, lança Niko.

Jawau regarda la neige qui continuait de tomber, s'écrasant sur les vitres, poussée par le vent d'hiver. Une neige épaisse, qui tiendrait sans doute longtemps. Comme dans les films se déroulant à la montagne ! C'était beau, et surprenant pour lui qui avait grandi au milieu de la savane aride.

– Pour aller où, avec ce temps ?

– Elle avait peut-être un rendez-vous ? suggéra Loop. Un truc dont elle ne t'aurait pas parlé, genre dentiste ou orthoponiste.

– Orthophoniste, rectifia Lou.

– Oups. Heureusement que tu es là, je ne sais plus parler français, plaisanta Loop.

– Tu as déjà su ? répliqua Lou avec un sourire malicieux.

– *Love,* on s'en va ? proposa alors Niko en glissant un bras possessif autour des épaules de la jeune fille. On pourrait aller chez moi…

– Tu t'imagines dehors, là ? coupa Loop.

Un silence régna. Niko hocha la tête et sourit à Lou.

– *Big Brother is watching you…*[12]

– Moi, je m'inquiète pour Izia, lâcha Jawau. Elle n'a pas les pieds sur terre, en ce moment.

Il pensa au mensonge qu'elle avait avoué, à ce que cela impliquait – sa tristesse, sa solitude… Mais aussi sa détermination à en découdre.

– On va la chercher, proposa aussitôt Lou.

– Oui, à nous quatre, on va vite la retrouver, affirma Loop.

– C'est sûr, renchérit Niko.

12. Phrase célèbre du roman de George Orwell *1984* : « Grand-Frère vous/te surveille. »

Reconnaissant, Jawau fit signe que oui et enfila son blouson. Il vit Lou et Niko se tenir la main quand ils passèrent devant lui, et son cœur se serra soudain. Au même instant ou presque, Loop lui donna une petite tape amicale sur l'épaule, comme s'il avait deviné ce que Jawau ressentait. Une sensation intense, troublante… Laquelle exactement ?

Dehors, ils furent assaillis par un rideau tournoyant de neige drue. Tout était blanc. Ils coururent, glissèrent sans ralentir, détalèrent encore plus vite. Lorsqu'ils dépassèrent l'espace des loups, Loop s'écria :

– Ouh ! Ouh ! Salououououou mes poooootes ! Ouh…

Un hurlement bref, à glacer le sang, l'interrompit. Sidéré, Jawau devina l'ombre de Tusk à l'abri. Ikta n'était pas là, toujours au chaud à la clinique, sous surveillance. Tusk devait se sentir perdu sans elle. Et l'appel de Loop venait sans doute de le hérisser.

– Ce n'est pas le moment de rigoler avec lui ! prévint-il.

– De *rigoloup* ? Hein, ma Lou ?

Lou et Niko se mirent à rire. Jawau, lui, accéléra l'allure.

Ils longèrent les enclos, tous vides : les animaux étaient réfugiés à l'intérieur. Normalement, Jawau devrait se rendre dans la maison des lions et nourrir Gala avant 19 heures. À condition qu'ils aient retrouvé Izia.

Pourquoi leur jouait-elle encore ce mauvais tour ? Disparaître, franchement, elle aimait… « L'approche de Noël doit l'angoisser », songea Jawau en allongeant les foulées. *Il faudrait qu'on parle davantage, que papa soit plus présent, sauf qu'Izia ne veut pas trop voir Nadia…*

Il se rappela que sa sœur avait perdu son précieux carnet violet, et regretta de ne pas lui avoir demandé si elle l'avait retrouvé. Peut-être que la perte de son journal intime avait fini par déclencher chez elle une réaction excessive de désespoir. Encore une fois.

Un vent glacial soufflait tandis qu'ils avançaient dans l'allée centrale qui traversait le refuge. Ils ne rencontrèrent pas un chat. Où étaient Marco, Léa et Jérémie ?

Probablement dans le bâtiment, à l'accueil, en train de rédiger leur compte rendu journalier.

– On est seuls au milieu des bêtes sauvaaaaages ! cria Loop.

– Arrête ! lança Lou. Izia, elle, est vraiment seule…

Elle vint marcher à côté de Jawau, au même rythme, et Niko la rejoignit aussitôt pour lui prendre la main. Il ne la lâchait décidément pas d'une semelle, remarqua Jawau.

– Ta sœur n'a peur de rien, je parie, ajouta Lou.

Jawau lui lança un bref regard. Lou avait la tête protégée d'une grande capuche bordée de fausse fourrure, si bien qu'il ne voyait plus que le bout de son nez.

– De rien, je confirme. Elle est même inconsciente.

– C'est normal, à douze ans. Après, en vieillissant, on est parfois trouillards, répliqua Lou. Pas vrai, *Big Brother* ?

– Ah, ah. Moi, je suis prudent ! Et ce n'est pas le moment de faire de la philophosie, lança Loop.

– Philosophie ! rectifia Lou.

Niko éclata de rire.

– Moi, ça me plaît, la philophosie ! On philophose et…

À ce moment-là, Loop s'immobilisa, un doigt tendu vers l'enclos des chevaux et des ânes. Sous la neige, on apercevait un attroupement d'équidés au milieu du pré.

– Vous voyez ça ?

– Ce n'est pas normal qu'ils ne soient pas à l'abri, dit Jawau. Izia vient souvent s'occuper d'eux…

Pour gagner du temps, il sauta par-dessus la barrière et se précipita. Loop le suivit, éclairant devant eux à l'aide de son portable. Niko et Lou voulurent en faire autant, mais Jawau leur demanda d'aller prévenir Antoine et l'équipe.

Jawau et Loop s'approchèrent doucement des chevaux et des ânes. Ils étaient comme collés les uns aux autres, figés, tête baissée, formant un attroupement soudé tels des joueurs de rugby pendant une mêlée. Seuls les zèbres s'étaient abrités. Leurs rayures censées réguler leur température corporelle ne fonctionnaient sans doute pas aussi bien par temps froid.

– Tu as déjà vu un truc pareil ? demanda-t-il à Loop.

– Non, jamais. Ho ! Ho ! lança Loop d'une voix forte, autoritaire.

Et il assena une claque vigoureuse sur une première croupe, puis sur une deuxième… Et en quelques secondes, chevaux, ânes et zèbres s'éparpillèrent aux quatre coins du champ.

L'un d'eux resta à la traîne. Il boitait.

À ses pieds, Izia gisait dans l'herbe enneigée.

CHAPITRE 6

Il suffit d'y croire

Les phares trouaient la nuit, formant des halos blanchâtres dans le brouillard et la neige qui continuait à tomber. Les flocons, épais, s'écrasaient lentement sur le pare-brise, petites étoiles blanches et éphémères. Les yeux rivés sur le ballet des essuie-glaces, Jawau ne pensait à rien. Il se sentait comme anesthésié. À cause du froid, sans doute, de la faim, de la peur... Et du silence irréel qui régnait dans la voiture.

Au volant du véhicule tout-terrain, un spacieux 4 x 4 appartenant à Hugues, son père conduisait sans parler. Depuis qu'ils avaient quitté l'hôpital de Tourlon, où

Izia passerait la nuit en observation, il n'avait pas prononcé un seul mot.

Loop, Lou et Niko étaient comme frappés de mutisme, eux aussi. Ils avaient insisté pour les accompagner et, à présent, Antoine les ramenait chez eux. Ils récupéreraient leurs scooters le lendemain, si les routes étaient dégagées. Dans le cas contraire, il n'y aurait pas de ramassage scolaire, donc ils n'iraient pas en classe. À cette perspective, Jawau s'était senti envahi d'une joie enfantine qu'il n'avait même pas essayé de masquer. Loop avait réagi de même. En revanche, Niko avait soupiré : le lendemain, il devait présenter un exposé, et il était prêt.

– Niko n'aime pas les imprévus, remarqua gentiment Lou.

– L'imprévu, c'est ce qui fait le ciel de la vie ! rétorqua Loop.

– Le sel de la vie… corrigea Lou.

Jawau lui jeta un bref coup d'œil. Elle était assise à côté de lui. Niko, installé à l'autre bout de la banquette, lui tenait la main. Le regardant au même moment, Lou ébaucha un léger sourire.

– Ça va ?

Son souffle sentait le bonbon à la fraise. Dans le service des urgences, une infirmière avait gentiment offert des confiseries aux personnes qui attendaient dans la salle. Un geste exceptionnel, avait-elle souligné, parce qu'il y avait trop de monde. Vraiment trop, et pas assez de soignants.

– Je ne sais pas trop. Et toi ?

– Pareil. Loop, maman t'a répondu ? interrogea Lou.

– Oui, elle nous attend. Elle a préparé des lasagnes légumes-tofu.

Lou se retourna vers son frère, calé sur le siège arrière.

– Cooool…

– Le tofu, c'est du soja, non ? s'étonna Jawau.

– Lou est végétarienne, expliqua Loop.

– Ah…

Jawau leva un pouce à l'attention de Lou.

– Tu as un point commun avec Izia. L'autre fois, j'ai mangé du jambon devant elle. Je ne te raconte pas son regard-qui-tue.

Au même instant, il se remémora l'expression effrayée de sa sœur quand elle avait repris connaissance peu de temps après avoir été retrouvée. Izia avait vainement tenté de se lever. « Il y a un âne blessé, je crois que c'est Réglisse, vous l'avez vue ? » s'était-elle écriée. Évidemment, elle avait d'abord pensé aux animaux ! Soulagé de constater qu'elle réagissait avec son habituelle vivacité, Jawau l'avait rassurée : bien sûr, on s'occuperait de Réglisse, mais en attendant, il fallait qu'elle reste tranquille jusqu'à ce qu'un docteur l'ait examinée. Izia s'était alors mise à pleurer. Antoine et Marco, prévenus par Loop et Lou, l'avaient portée jusqu'à la voiture et, vaille que vaille, Izia avait été emmenée aux urgences… Le médecin avait diagnostiqué une belle entorse au genou droit et, par prudence, préconisé une hospitalisation jusqu'au matin : le choc avait dû être sérieux, pour qu'elle s'évanouisse, et il fallait écarter le risque d'un traumatisme crânien.

Izia était devenue très pâle.

– Je ne veux pas passer la nuit ici ! avait-elle sangloté.

Elle ne supportait pas les hôpitaux. Jawau non plus. Depuis la mort de leur mère, rien que l'odeur des produits désinfectants leur rappelait ce moment où, dans leur vie, tout avait basculé. Le médecin et la gentille infirmière avaient tant bien que mal réussi à rassurer Izia…

– Ça fait combien de temps ?

La voix de Lou tira brutalement Jawau de ses pensées. Ils venaient de tourner dans une rue bordée de petites maisons à colombages, aux toits couverts de neige.

– Quoi ?

– Ça fait longtemps qu'Izia est végétarienne ?

– Un bon moment, oui. Papa, tu le sais ?

– Quelques années, déjà, marmonna Antoine. Tu te souviens peut-être que ta maman prônait une alimentation sans viande, à base de légumes et de protéines végétales. Izia l'a imitée, sauf qu'à son âge j'estime qu'on devrait manger de tout. Mais évidemment, Izia ne m'écoute pas.

– Elle est en bonne santé, c'est ce qui compte, dit Jawau, qui avait oublié les habitudes alimentaires de leur mère.

Il reporta son attention sur le paysage. Des guirlandes décoraient certains arbres, ainsi que les façades. Les couleurs scintillaient, bleues, blanches, rouges, or... Quelques maisons arboraient des lampions illuminant leur contour tout entier, ainsi que le tour des fenêtres et des portes, si bien qu'elles ressemblaient un peu à des créations en 3D sorties d'un dessin animé de Walt Disney.

Sentant le regard de Lou sur lui, Jawau chassa la nostalgie qui l'envahissait malgré lui.

– Il faudra vite examiner Réglisse, dit-il à son père.

– C'est prévu, dès demain matin. Bastien et Lou, c'est bien ici ? ajouta Antoine en freinant devant une maison sans décorations.

– Oui, dit Loop. Merci de nous avoir ramenés. Niko, tu viens ou tu repars chez toi ?

– Je peux te déposer, Niko, rappela Antoine.

– C'est gentil, mais je vais rester avec eux. Attendez-moi, lança Niko à Lou et à Loop. Merci, Monsieur Beaucaire. Salut, Jawau !

Jawau lui adressa un petit signe de la main. Il avait hâte de rentrer, lui aussi ; hâte de se réfugier dans la maison des lions et de revoir le majestueux Tilly et la fidèle Gala ; hâte de revoir Gold, Samba et Whyla...

Personne n'avait su. Personne n'avait vu ni deviné ce qu'il avait osé faire. C'était son secret. Quand il y pensait, fierté et émotions l'envahissaient, et il se sentait pousser des ailes tel un héros muni de super-pouvoirs. Il sourit, savourant un court moment l'association d'idées qui lui venait à l'esprit. Oui, si Lou savait, elle serait forcément impressionnée, admirative…

Ou pas. Peut-être qu'elle le trouverait stupidement casse-cou.

*
**

Chevaliers des animaux sauvages

En pyjama, Izia feuilletait l'épais album photos quand les deux chatons bondirent sur le lit, dérangeant Yakou qui s'était lové sur son peignoir en éponge. Le chat, qui semblait énorme à côté des bébés, leva la tête d'un air indigné puis entreprit de se lécher les pattes.

– Hé, doucement ! Je suis blessée, moi ! s'exclama-t-elle en mettant une main protectrice au-dessus de son genou bandé.

Emmêlés, les chatons roulèrent sur la couette, puis tombèrent sur le parquet en miaulant. « Leur bagarre n'est qu'un jeu destiné à les rendre plus vifs et adaptés à la chasse », songea Izia tandis que les petits félins détalaient. Ils s'étaient drôlement bien adaptés ! L'examen vétérinaire avait montré qu'ils étaient en pleine forme. Le blanc, une femelle, avait été baptisé Piou à cause de son miaulement suraigu qui évoquait le pépiement d'un oiseau affamé. Le roux, un mâle, s'appellerait simplement Red. Ils seraient, l'un et l'autre, stérilisés avant l'âge de dix mois : « Pas question qu'on sc retrouve avec une portée de six chatons ! » avait prévenu le père d'Izia et de Jawau.

Caressant Yakou, qui ronronnait maintenant tranquillement, Izia reporta son attention sur l'album. Hugues et Madeline le lui avaient prêté en expliquant qu'ainsi elle comprendrait mieux l'histoire de la famille Payens. En vérité, elle avait d'abord été davantage intéressée par les tartelettes au citron et autres confiseries que le vieux couple lui avait apportées ! Mais une fois seule, après avoir griffonné quelques phrases dans un nouveau carnet à couverture orange – provisoire, en attendant que son carnet violet réapparaisse… Si avec un peu de chance elle le retrouvait ! –, Izia avait commencé à découvrir les photos. Des coupures de presse étaient intercalées çà et là, ainsi quc des extraits de livres consacrés aux Templiers.

Cela faisait maintenant quatre jours qu'elle était alitée. Autant dire une éternité. Mais Izia ne voyait plus le temps passer, immergée dans la saga des Payens. Contre toute attente, cette fresque familiale – et historique – la passionnait.

– Toujours en train de lire ?

Levant les yeux, Izia vit Jawau qui lui souriait depuis le seuil de sa chambre. En survêtement et baskets, ses écouteurs pendant sur ses épaules, il revenait de son jogging à travers Valrêve. Derrière lui se tenait leur père.

– Coucou ! lança-t-elle joyeusement. Eh oui, c'est trop bien !

Tous deux entrèrent et s'assirent auprès d'elle. Izia alluma sa lampe de chevet. La nuit tombait déjà alors qu'il était à peine 4 heures. Il ne neigeait plus, mais on entendait le vent souffler dans les hauts arbres des alentours.

– En fait, Hugues est devenu une sorte de chevalier pour les animaux sauvages maltraités, ajouta-t-elle.

– On peut dire ça, admit Antoine, l'air amusé. Hugues apprécierait le compliment. Comment vas-tu, ma puce ?

– Mieux. J'ai bien dormi, bien mangé, et je suis trop contente de ne pas aller à l'école !

En prononçant ces mots, Izia réalisa qu'elle n'avait jamais autant vu son père que depuis qu'elle était sortie de l'hôpital. Le côté positif de sa mésaventure !

– Oui, mais tu auras à rattraper… Kenji viendra t'apporter les cours et les devoirs.

– Quand ?

– Je ne sais pas. Très vite, en tout cas. Alors, qu'as-tu appris de nouveau sur la famille ? demanda son père, une lueur chaleureuse au fond des yeux.

Izia s'appuya contre son oreiller et prit Yakou contre elle. Le chat se blottit en ronronnant.

– Hugues a exactement le même nom que le fondateur des chevaliers du Temple au Moyen Âge ! répondit-elle. Hugues Payens, à l'époque, s'écrivait « Pains » ou « Payns ». Et ici, c'était une commanderie : un endroit où les chevaliers vivaient, comme un village rien qu'à eux et pour eux. Mais il n'en reste plus rien...

– Si, la forêt, les terres de Valrêve et le pan de mur qu'on a découvert dans la forêt, rappela Jawau.

– Et peut-être un trésor, compléta leur père.

– Oui, parce que les Templiers étaient vraiment très riches, poursuivit Izia. À l'époque des croisades, ils avaient tellement d'argent qu'ils en prêtaient à tout le monde, aux princes, aux rois... C'étaient des banquiers chevaliers !

– Et aussi des moines, du moins à l'origine, précisa Antoine. Des moines-soldats qui accompagnaient les croisés en Orient, pour les protéger. Ils savaient se battre, ils savaient s'organiser et faire fortune... D'ailleurs, il paraît que c'est par jalousie que le roi les a fait arrêter le vendredi 13 octobre 1307. On raconte aussi qu'avant d'être exécuté, Jacques de Molay, le dernier grand maître des Templiers, a lancé une malédiction...

– Molay ? Il a été emprisonné au château de Gisors, dit Izia, se remémorant un exposé qu'elle avait réalisé avec Vicky.

Avant qu'elles se fâchent et se brouillent définitivement.

– Exact. Bref, cousin Hugues est un héritier direct des Templiers. Grâce à sa fortune familiale, il a créé le refuge. Un des rares refuges en France[13]. Je crois qu'il n'y en a que deux, en tout et pour tout.

Antoine parut songeur quelques instants. Puis il leur jeta un coup d'œil attentif à tour de rôle et sourit.

– Pour en revenir à nos moutons, ou plutôt à nos ânes, Réglisse va mieux. Enfin, un peu mieux. On la garde à l'œil car la blessure était profonde et commençait à s'infecter : elle ne pouvait plus poser l'antérieur gauche par terre. C'est probablement une conséquence d'un parage[14] de sabot trop étroit, ou trop rapide.

13. Note de l'auteur : en France, on manque de refuges pour animaux sauvages. http://www.deslionsetdeshommes.com/index.php/2017/08/03/sanctuaires-animaliers/

14. Le parage désigne l'entretien du sabot pour lui donner une forme et une longueur optimales.

Le maréchal-ferrant venait de passer, et on sait bien que Réglisse ne se laisse pas soigner facilement.

– Oh non… murmura Izia. Je l'ai vue boiter l'autre soir, je ne savais pas quoi faire…

– Tu aurais simplement dû me prévenir, ma chérie. Elle n'était pas réellement en danger, on aurait constaté son problème le lendemain matin. Alors que toi, tu t'es mise en danger. Tu connais la première règle du secouriste ? La règle essentielle ?

– Oui, oui… Ne pas courir de risques incontrôlables au nom du sauvetage, énonça Izia. Mais je contrôlais la situation, moi…

– Tu parles ! Heureusement que les ânes et les chevaux, eux, t'ont protégée ! lança Jawau. Je parie que c'est pour cette raison que Loop et moi, on t'a retrouvée au milieu du groupe.

Izia éprouva une vive émotion, se rappelant ce moment où elle avait eu l'impression de perdre pied. Elle se sentait mal à cause de Vicky, à cause de son carnet disparu, et la neige, toute cette neige qui tournoyait, avait achevé de la déstabiliser. Et puis elle avait aperçu Réglisse qui boitait... Elle avait voulu vérifier, espérant donner l'alerte, mais un brutal coup de sabot l'avait jetée à terre. Forcément, ce soir-là, les animaux étaient également perturbés. Elle s'en était tirée avec une vilaine entorse au genou, et rien d'autre, heureusement.

– En tout cas, Réglisse récupérera, et moi aussi. Mais je vais rater les derniers jours d'école avant les vacances de Noël. Dommage, hein ? ajouta-t-elle d'un ton un peu moqueur, en jetant un regard à son frère.

Elle savait pertinemment à quel point il en avait assez d'aller en classe.

– Oui, vraiment, tu n'as pas de chance, renchérit Jawau, pince-sans-rire.

Leur père laissa échapper un petit rire indulgent.

– À part ça, les enfants, j'ai deux nouvelles à vous annoncer. Une mauvaise et une bonne. Par laquelle je commence ?

Izia échangea un nouveau coup d'œil avec Jawau.

– Comme tu veux, dirent-ils en même temps.

– Très bien.

Antoine sembla chercher ses mots avant de commencer :

– J'ai failli taire définitivement ce que je vais vous révéler maintenant. Mais je ne veux rien vous cacher… Je le refuse catégoriquement, même si le mensonge par omission serait plus confortable pour moi.

Izia se redressa, tout ouïe. Jawau gardait les yeux fixés sur leur père.

– Alors ?

– Alors voilà : je savais qu'Hugues avait tué la mère de Gala.

– Quoi ? firent Izia et Jawau en chœur.

Antoine acquiesça en silence, le visage grave.

– Écoutez la suite avant de juger, s'il vous plaît. Donc oui, je savais. Je savais aussi que mon cousin craignait pour sa réputation, parce qu'il n'avait pas respecté la loi. Il n'aurait pas dû chasser là où il se trouvait. À l'époque, il m'a fait jurer de garder le silence et, en échange, il a financé la clinique de notre réserve de Wild Field. Il était très riche, maintenant vous le savez. Quand on est arrivés ici, il nous a accueillis à bras ouverts mais il m'a vite rappelé le marché qu'on avait conclu au Kenya. J'ai accepté parce qu'il fallait qu'on change de continent et qu'on entame une nouvelle vie.

Jawau fronça les sourcils.

– C'est la suite et fin du grand secret familial que tu devais nous raconter ?

– Et c'est la mauvaise nouvelle, compléta Izia en caressant Yakou. Papa a été le complice du vieux sapajou.

– Pardon ? fit Antoine.

– Sapajou... Pour ne pas dire sagouin, répondit Izia, s'efforçant de ne pas montrer à quel point elle était déstabilisée.

Décidément, leur père la décevait une nouvelle fois...

– Un sapajou est un petit singe. Un singe capucin, plus exactement. Je ne vois pas tellement la ressemblance avec Hugues, ironisa Antoine.

– Comprends-le au troisième degré, papa, dit Jawau. On reste polis, Izia et moi, même quand on dit « sagouin ». Par respect pour Hugues qui nous héberge. Mais on ne l'aime pas et on ne l'aimera jamais. Même s'il est descendant des Templiers, et un genre de chevalier des animaux sauvages aujourd'hui.

Le visage d'Antoine se rembrunit.

– Il ne faut jamais dire « jamais ».

– Très drôle, murmura Izia. C'est une figure de style, ça... de la rhétorique.

– Bonne remarque, ma fille. Tu as bien écouté ton cours de français.

Un silence s'établit, troublé par le ronronnement de Yakou et le bruit du vent dehors. La nuit était totalement tombée, à présent.

Pendant un long moment, Izia garda les yeux fixés sur son chat. Maintenant, elle avait envie que leur père s'en aille. Évoquer de nouveau Gala, le meurtre de la mère de la lionne et tout ce qui s'était ensuivi, c'était trop, pour elle.

– J'espère qu'avec le temps vous nous pardonnerez, à Hugues et à moi-même, reprit alors Antoine. Parfois, dans la vie, on est piégés par nos choix. À l'époque, en ce qui me concerne, j'avais besoin d'une clinique pour pouvoir soigner correctement les animaux de Wild Field. Le hasard a fait en sorte que ce soit possible. Un mauvais hasard, oui, mais...

Il s'éclaircit la voix, l'air résigné.

– Grâce à cet arrangement avec Hugues, on a pu sauver de nombreux animaux. Et Hugues a poursuivi ici sa mission de sauvetage, avec Valrêve. Je crois que vous devriez tenir compte de cette réalité-là, mes enfants.

Jawau et Izia restèrent silencieux, aussi désemparés l'un que l'autre.

– J'avais conscience que vous apprendre toute la vérité provoquerait un nouveau choc... ajouta tristement leur père.

– Tôt ou tard, on l'aurait su, affirma Jawau d'un ton où perçait une pointe de colère.

Et il baissa les yeux, refusant même de croiser le regard d'Izia. Mais elle savait qu'il éprouvait la même amertume qu'elle.

– Sur ce, passons à la bonne nouvelle, poursuivit leur père avec un entrain forcé. Noël approche, et je sais que ce n'est pas facile pour vous, ni pour moi, d'ailleurs. Votre mère nous manque, particulièrement à cette période de l'année.

– Elle nous manque tout le temps, papa, répliqua Izia. Tout le temps. Et toi, tu vas déjà la remplacer !

– Qu'est-ce que tu racontes ?

– Comme si tu ne comprenais pas… murmura-t-elle. Nadia par-ci, Nadia par-là…

Les mots lui avaient échappé. Et tiens, ça faisait du bien.

Antoine hocha la tête, l'air ennuyé.

– Tu m'en veux parce que je m'entends bien avec Nadia ? Toi aussi, Jawau ?

Il se tourna vers son fils, qui venait d'attraper Bakota pour le caler contre son épaule. Le lémurien les avait rejoints et commençait à faire le pitre sur le dossier de la chaise de Jawau.

– Oui et non, admit Jawau avec franchise. Pour nous, maman vit encore et personne ne pourra la remplacer. Jamais. Je le dis même s'il ne faut jamais dire « jamais »...

Antoine ébaucha un sourire ému.

– Sachez que votre maman restera toujours dans mon cœur, et je l'aimerai toujours. Je la vois quand je vous regarde. Vous lui ressemblez.

Il baissa brièvement les yeux et soupira.

– On s'entend bien, avec Nadia. Elle est divorcée et a un fils, Matthew, plus âgé que vous, qui vit en Angleterre. Je suppose qu'entre nos points communs ici, au travail, et nos solitudes respectives, on a trouvé une sorte d'accord...

– Un accord ? Vous allez vous marier ? s'exclama Izia, choquée.

– Mais non, ma puce.

Antoine ne put réprimer un petit rire.

– On se soutient, on collabore, on mange ensemble, parfois on dîne ensemble. Et on verra ce que l'avenir nous réserve.

– Je te préviens, elle ne remplacera jamais maman ! Et inutile de me répéter qu'il ne faut jamais dire « ja... ».

– Personne ne remplacera *jamais* votre maman. Jamais, jamais.

Izia sentit des larmes lui piquer les paupières, mais elle les refoula. Cette conversation lui semblait si bizarre. Si elle avait pu, elle se serait levée et serait partie dare-dare. Sauf qu'à cause de son genou gros comme un ananas, elle ne pourrait pas poser ne serait-ce qu'un orteil par terre.

– Papa, c'était quoi, la bonne nouvelle ?

Une lueur brilla dans les yeux d'Antoine.

– Fati vient fêter Noël avec nous ! Et elle sera accompagnée de votre grand-mère !

– Mamouna ! s'écria Izia, incrédule. C'est vrai ?

– Oui, ma chérie. Votre grand-mère va prendre l'avion pour la première fois de sa vie ! Et je crois bien que Fati aussi...

Izia regarda Jawau. Il souriait aux anges.

– Tu étais au courant ?

– Pas du tout... Je le découvre en même temps que toi. C'est merveilleux !

– Oui, mer-vei-lleux !

Cette fois, Izia laissa couler ses larmes...

Des larmes de joie.

DEUXIÈME PARTIE

« Fais de ta vie un poème…

Sois ouragan…

Écris…

J'vais soulever des montagnes avec mes petits bras… »

Gaël Faye, romancier et chanteur –

Paroles extraites de *Tôt le matin*

CHAPITRE 1

Au nom de la vérité

À douze ans et demi, bientôt treize, Kenji avait parfois l'impression de se sentir aussi lourd qu'un adulte face à une montagne de problèmes insolubles. Sa grande sœur Capucine avait encore fugué, et il avait fallu aller la rechercher au commissariat de Tourlon. Ce n'était pas la première fois... mais la troisième ! Leur mère avait craqué et, ensuite, s'était disputée avec leur père. Ce n'était pas la première fois non plus. Il ne fallait plus compter. Au lieu de s'entraider, ils s'accusaient mutuellement d'être responsables des ennuis de Capucine, et rien ne s'arrangeait. Capucine, qui fêterait bientôt ses seize ans, rêvait de quitter le domicile familial au plus vite et pour de bon. Elle était en train de rater sa scolarité en multipliant les bêtises. Son cas était, affirmaient leurs parents, désespéré. Sauf qu'ils n'agissaient pas réellement – du moins pas efficacement – pour l'aider. Ils semblaient avoir baissé les bras.

C'était incompréhensible ; décourageant.

Kenji savait la solidarité du clan essentielle, vitale, chez les animaux. Une troupe de lions ne réussissait jamais à survivre si les femelles ne s'entraidaient pas pour la chasse, si le lion ne défendait pas « ses » lionnes, si celles-ci ne préservaient pas leurs petits, surtout quand il y avait un lionceau mâle : à l'adolescence, vers deux ans environ, il devait quitter le groupe, souvent chassé, pour ne pas entrer en rivalité avec le mâle dominant. C'était un rituel de survie de l'espèce qui durait depuis des millénaires. Rien de tel chez les humains, bien sûr, aucune comparaison objective ne pouvait être réalisée sauf que…

Sauf que Kenji finissait par trouver ses parents vraiment indifférents et égoïstes, empêtrés dans leurs propres problèmes peut-être, mais « On n'a pas demandé à naître ! » martelait Capucine dans sa révolte.

Finalement, lui, il passait plus de temps avec Marco, le frère de son père. Tant mieux. « On s'entend bien, tous les deux », songea Kenji en regardant son oncle qui discutait avec Antoine Beaucaire et Jawau. Marco n'avait pas d'enfants et, parfois, il se comportait de façon protectrice, presque paternelle. Il lui apprenait plein de choses à Valrêve : comment observer les bêtes, les soigner, les choyer, les nourrir. Et accepter de patauger sans broncher dans la boue crottée pour nettoyer les enclos extérieurs quand il pleuvait !

Dans la vie de Kenji, il y avait aussi Skill, son berger allemand à poils longs, superbe, *léonin.* Un chien-lion ! Une à deux fois par semaine, Marco et lui l'emmenaient à une séance d'éducation canine : il apprenait à marcher au pas, à s'arrêter quand on le lui ordonnait, à ne pas bouger, à rapporter des objets et à les rechercher. Son flair de fin limier avait permis de retrouver Izia quand elle aussi avait voulu faire une fugue, quelques semaines auparavant. Franchement, qu'est-ce qui n'allait pas avec ces filles ?

– Hein, Kenji ? lança Marco.

– Quoi ?

Arraché à ses pensées, Kenji revint à l'instant présent.

– Pardon, tonton, je n'écoutais pas.

– Sans blague... J'ai l'habitude, répondit Marco d'un air indulgent.

Antoine et Jawau se mirent à rire.

– On disait qu'on a besoin de bras pour préparer un enclos de toute urgence, reprit Marco. Jawau va donner un coup de main à Jérémie, avec les éléphants. Toi, tu viens m'aider, tout à l'heure ? Si tu n'as pas trop de devoirs, bien sûr.

– Aucun devoir, t'inquiète, affirma Kenji avec entrain.

Ce n'était pas tout à fait vrai... Tant pis ! Mais partir avec Marco le distrairait de ce qu'il s'était promis d'accomplir ce jour-là. Un pensum. Une punition. Il n'aurait à s'en prendre qu'à lui-même si jamais...

– Moi non plus, je n'ai pas de devoirs, renchérit alors Jawau d'un ton triomphant. Pourtant, on est samedi. À croire que les profs deviennent plus cool juste avant les vacances ! Mais Izia, la pauvre, elle a du rattrapage à prévoir, et pas qu'un peu !

– Je lui ai déjà apporté ses cours, et j'y retourne tout à l'heure. J'ai demandé ce qu'il fallait à une copine de sa classe, puisqu'on n'est pas dans la même cinquième, précisa Kenji.

À Vicky... L'ennemie jurée d'Izia. Kenji et elle avaient été amis, à une époque. Ils jouaient au basket et promenaient Skill ensemble. Tout se passait bien jusqu'à ce qu'ils s'embrouillent à cause de SMS mal interprétés. Un émoji envoyé trop vite, en plus. Vicky s'était vexée, et depuis qu'elle connaissait les liens de Kenji avec Izia, sa froideur s'était accentuée : elle ne lui adressait pratiquement plus la parole.

– Il faut tenter l'expérience au plus vite, déclarait Antoine.

Quelle expérience ?

– On va placer Tilly avec Gala et les petits, puisqu'on sera obligés d'accueillir Pitou dès que possible…

– Qui c'est ? demanda Jawau.

Kenji s'intéressa de nouveau à ce qui se tramait.

– Pitou est un lionceau de deux mois environ, trouvé dans un appartement d'une cité en banlieue parisienne.

– Quoi ? s'exclamèrent Kenji et Jawau.

Marco échangea un rapide coup d'œil avec Antoine, puis il hocha la tête :

– C'est la surprise du jour...

– On a été contactés hier soir par une grande association de protection animale, qui est intervenue avec la brigade cynotechnique des Sapeurs-pompiers de Paris, expliqua Antoine. L'alerte a été donnée par une vidéo publiée sur les réseaux sociaux : on y voyait un homme qui montrait et secouait le lionceau comme s'il s'agissait d'un chiffon ! Une enquête a été lancée d'urgence, et l'association de sauvetage est intervenue. Ils ont découvert Pitou dans une toute petite cage, complètement déshydraté... Son ex-propriétaire va être accusé de mauvais traitements et faire l'objet d'une procédure judiciaire[15].

– Malheureusement, même si c'est interdit par la loi, se procurer un animal sauvage est beaucoup trop facile, poursuivit Marco d'un ton désapprobateur. Ensuite, quand elles grandissent, ces malheureuses bêtes sont abandonnées, livrées à elles-mêmes… si elles ont survécu jusque-là. En tout cas, dans son malheur, Pitou a finalement eu de la chance puisqu'il va rejoindre notre grande famille.

Un sourire illumina son visage.

– Et on aura besoin de volontaires pour le nourrir au biberon !

– Moi ! s'écria Jawau.

– Moi aussi ! dit Kenji avec le même enthousiasme.

– On le fera à tour de rôle, suggéra Jawau. J'ai l'habitude et…

15. Note de l'auteur : fait réel, relaté par *30 Millions d'amis.* Seul le nom du lionceau a été changé.

– Et alors ? Ce n'est pas parce que tu l'as fait avec Gala que tu seras plus doué ! coupa Kenji.

– Du calme, les jeunes, vous pourrez vous occuper de Pitou tous les deux. Il aura besoin d'énormément de gentillesse et d'affection, ajouta Marco. Il est tellement stressé à cause de ce qu'il a enduré qu'il perd ses poils par plaques. Il portait un collier étrangleur, imaginez un peu...

– Les gens sont dingues, soupira Jawau en grimaçant. Ils traitent les animaux comme des jouets !

– Ils croient que ça les valorise d'avoir un bébé lion, et qu'ils sont plus forts que les autres, renchérit Kenji. C'est trop nul. Ils ne pensent qu'à eux…

Il haussa les épaules avec dédain.

– En tout cas, comptez sur moi pour le nettoyage de l'enclos.

– Sur moi aussi ! affirma Jawau. Mais… Est-ce que Tilly acceptera le changement ? Partager la même loge que Gala et leurs petits, ce ne sera pas forcément facile pour lui qui a toujours eu son propre espace la nuit…

– On espère qu'il s'adaptera, admit Marco. Gala, Samba, Gold et Whyla sont issus de sa chair et de son sang, et la journée, ils restent tous ensemble, pas vrai ? Mais comme il est affaibli par le grand âge, on surveillera de près.

– Et on trouvera une autre solution pour Pitou, qui n'est encore qu'un tout petit bébé, répondit Antoine.

– Le mettre avec les lionceaux et Gala ?

– Impossible, leur groupe est déjà organisé, et Pitou ne serait pas accepté, affirma Antoine. Heureusement qu'Hugues souhaite agrandir le refuge. Vu les problèmes que posent les cirques animaliers aujourd'hui[16], il faut qu'on prévoie davantage de capacité d'accueil. On aura une deuxième maison des lions, et peut-être une troisième...

16. Note de l'auteur : en 2018, en France, les cirques animaliers sont (enfin) peu à peu interdits dans les villes et villages refusant l'exploitation des animaux. Le problème est que les grands fauves et autres bêtes de cirque ne peuvent pas être accueillis dans des parcs zoologiques, encore moins relâchés en pleine nature... Des associations animalières doivent les prendre en charge, ce qui n'est malheureusement pas toujours possible, faute de places.

– Voilà une très bonne nouvelle ! Encore une ! lança Jawau, les yeux brillants. Décidément, papa, depuis que tu nous as annoncé que Fati et Mamouna allaient venir, je me dis que... vive Noël !

Son père sourit et, en remarquant leur évidente complicité, Kenji éprouva un léger pincement au cœur. Avec son propre père, ce n'était pas pareil. Pas du tout. Son père était absent et distant.

– À quelle heure on commence le nettoyage de l'enclos ? demanda-t-il à Marco, préférant oublier ses problèmes personnels.

– En début d'après-midi. Kenji est mon meilleur apprenti soigneur, ajouta Marco à l'intention d'Antoine.

Jawau le regarda fixement.

– Avec toi, bien sûr, compléta l'oncle de Kenji.

Jawau sourit d'un air un peu gêné et murmura un « merci ».

Devinant ce qu'éprouvait Jawau, Kenji sortit du bureau pour aller chercher son sac qu'il avait laissé à l'entrée du bâtiment.

Il est jaloux…

Et cela se comprenait.

Kenji s'accroupit pour ouvrir son sac et vérifia qu'il avait bien tout pris pour Izia. Photocopies de cours, devoirs corrigés… Oui, tout y était. Y compris le carnet à couverture violette.

*
**

Fais de ta vie un rêve… et d'un rêve une réalité

Jawau sortit du bureau peu de temps après Kenji. Encore une fois, l'air glacial lui coupa le souffle. Les allées du refuge étaient recouvertes de givre, les arbres se paraient d'un somptueux manteau blanc. C'était plutôt beau, très beau même, d'une beauté polaire. Il sourit en se rappelant les réactions comiques de Yakou et Bakota lorsqu'ils avaient découvert la neige : petits pas prudents, coups de pattes curieux, sauts joyeux.

Tout en se dirigeant vers la maison des éléphants pour aider Jérémie, Jawau pensa à l'arrivée prochaine de Pitou le lionceau. Il avait hâte de découvrir cette pauvre petite bête, et de la soigner… Il espérait juste que Marco tiendrait parole et n'accorderait pas un traitement de faveur à Kenji !

Ou alors, d'ici là, il faudrait que lui-même ait prouvé qu'il était, lui aussi, un apprenti soigneur particulièrement doué.

Il faudrait que j'avoue mon secret à papa, à Marco…

Non, inimaginable. Il risquait une grave sanction.

Puis Jawau réalisa qu'avec la présence de Tilly dans la même loge que Gala et ses petits, il ne pourrait plus continuer à se rapprocher de la lionne. Il était retourné secrètement à deux reprises auprès de Gala, à l'aube, en procédant de la même manière que la première fois. Tout s'était très bien passé… ou presque. Gold, Whyla et Samba n'aimaient pas que Jawau envahisse leur territoire ! Ils se précipitaient pour lui mordiller les baskets ou les mollets… Et leurs crocs coupaient comme des lames de ciseaux. Jawau avait fini par apporter un bâton qui lui permettait d'éloigner les lionceaux le temps qu'il câline Gala… Un temps relativement court, une dizaine de minutes au maximum durant lesquelles, incarnation de son rêve le plus fou, l'imposante lionne se laissait caresser. Tel un immense chat doré, elle frottait sa belle tête contre les épaules de Jawau, et lui avait même léché la joue ! Un coup de langue rapide, râpeux, qui lui avait arraché un éclat de rire bouleversé. Pas une seule seconde il ne pensait que par inadvertance, ou à cause d'un surgissement soudain de son instinct sauvage, Gala risquerait de le blesser mortellement. Il n'éprouvait aucune crainte. Chaque rencontre les rapprochait davantage, scellant lentement mais sûrement ces liens invisibles, magiques, tissés durant les premiers mois de la vie de Gala.

Mais l'accueil du petit Pitou l'obligerait à tout arrêter. Momentanément, du moins.

– Salut ! Content que tu sois là ! lança Jérémie quand Jawau le rejoignit à l'intérieur du vaste bâtiment abritant les loges des éléphantes.

– Moi aussi, je suis content ! Je pourrais passer ma vie à m'occuper des animaux de ce refuge… ou d'ailleurs, ajouta Jawau.

Jérémie sourit d'un air entendu. Pas très grand, mince et nerveux, il arborait une épaisse tignasse rousse qui lui avait valu le sobriquet de « Poil de carotte » durant une bonne partie de sa scolarité. Résultat, il avait détesté le roman de Jules Renard… et l'école.

– Bienvenue au club !

Ils distribuèrent la nourriture destinée à Wally et à Idane. Ensemble, ils éparpillèrent des morceaux de légumes crus ainsi que des granulés sous divers branchages du parc des éléphantes. Chercher et trouver les aliments était un jeu qui les maintenait alertes. Récemment, sur le conseil d'Antoine, Jawau et Jérémie avaient également placé un grand miroir devant lequel, parfois, Idane ou Wally se tenait comme si elle réfléchissait. L'intelligence et la mémoire de ces gigantesques animaux n'étaient pas une légende. Peu à peu, après des années de captivité dans un cirque, Wally et Idane avaient repris goût à la vie et à une certaine liberté, se mouvant dans leur espace sans contrainte. En hiver, toutefois, elles ne restaient pas longtemps dehors, et rentraient de toute façon chaque soir dans leur loge.

Ni Jérémie ni Jawau ne parlaient beaucoup lorsqu'ils travaillaient. C'était une des caractéristiques du métier que Jawau appréciait : on agissait vite, avec précision, sans perdre de temps à bavarder.

Tout en secondant Jérémie, Jawau savoura sa chance de pouvoir être déjà sur le terrain, avec des soigneurs professionnels, alors qu'il n'avait même pas quinze ans. Oh qu'il avait hâte de partager avec eux ce qu'il vivait auprès de *sa* lionne… Il leur montrerait...

Mais pour cela, il faudrait qu'il patiente. Longtemps sans doute, car l'arrivée de Pitou retarderait davantage ce moment, pensa-t-il de nouveau.

Patience et longueur de temps font plus que force ni que rage…

« Oui, mais moi, je ne suis pas patient », songea Jawau en retournant chez lui. Il avait parfois l'impression que le temps lui manquait et qu'il devait tout réaliser vite, au cas où.

Au cas où... quoi ? Un accident... comme pour maman ?

Chassant l'angoisse devenue familière, Jawau se mit à courir vers la maison à colombages.

Alors qu'il poussait la porte, il entendit Izia s'exclamer avec virulence :

– Je n'y crois pas !

– Pourtant, si. Pardon... Pardon !

Jawau reconnut la voix de Kenji. Son intonation était suppliante.

Intrigué, il pénétra dans la cuisine. Sa sœur, assise à table, la jambe droite maintenue par une attelle bleu vif allongée devant elle, observait fixement Kenji, qui se tenait debout, l'air embarrassé.

– Hello... Ça va ?

Izia et Kenji le contemplèrent comme s'ils avaient aperçu un extraterrestre.

– Bon, ça ne va pas, devina Jawau. Qu'est-ce qui se passe ?

– Il se passe que... commença Izia en fusillant Kenji du regard. Dis-lui.

– Sérieusement ? balbutia Kenji.

– Dis-lui !

Kenji s'ébouriffa les cheveux d'un geste énervé. Il avait les joues rouges comme s'il avait couru.

– OK. J'ai rapporté le journal d'Izia...

– Génial ! Où tu l'as retrouvé ?

– Nulle part. C'est moi qui l'avais, lâcha Kenji en baissant les yeux.

– Quoi ?

Stupéfait, Jawau échangea un coup d'œil avec sa sœur. Elle brandissait son carnet violet, le secouant avec force comme pour ôter des saletés qui se seraient coincées au creux des pages.

– Oui, le voilà ! Kenji me l'avait piqué dans mon sac ! Tu te rends compte ? Lui !

– Euh…

Pour le coup, Jawau ne sut quoi répondre tant cette vérité lui paraissait absurde.

– Au départ, j'ai voulu ranger des affaires qui étaient tombées de ton sac, la fois où on a joué au basket ensemble, expliqua Kenji d'un ton haché. Je le connaissais, ce carnet, et… Je ne sais pas ce qui m'a pris ! Même si, après, j'ai compris que j'avais une bonne raison. Tu m'en veux à mort, Izia, peut-être que toi aussi, Jawau, mais j'avais une bonne raison, répéta-t-il, le visage sombre. Et maintenant, tu la connais ! Et je te demande pardon…

Sur ces mots, il enfila son blouson, mit son bonnet, ramassa son sac à dos et se précipita vers la porte sans dire au revoir. Un lourd silence régna après son départ.

Sidéré, Jawau s'assit à côté de sa sœur.

– C'est dingue.

– Il a tout lu... Il a lu mes secrets, murmura Izia, les yeux rivés sur son carnet. Tous. Je ne pourrai jamais lui pardonner... Jamais !

– Il ne faut jamais di...

– Laisse tomber ce dicton de papa. C'est trop facile, ne jamais dire « jamais », et patati et patata... Moi, je dis « jamais » ! Jamais je ne pardonnerai à Kenji, que je croyais être mon meilleur ami !

– Je n'en reviens pas, moi non plus, admit Jawau, peiné pour Izia. Pourquoi a-t-il fait ça ?

Izia haussa les épaules. Avec sa masse de cheveux sombres et ses yeux verts, elle devenait de plus en plus le portrait craché de leur mère. C'était troublant.

– Soi-disant qu'il est amoureux.

– De qui ?

Une lueur farouche traversa le regard d'Izia.

– De moi, tiens… Soi-disant qu'il voulait mieux me comprendre et m'aider...

– T'aider à quoi ?

– Avoir des amis, être acceptée... Il m'a dit qu'il avait senti que j'étais trop triste, et il voulait savoir pourquoi. Maintenant, il sait, conclut Izia en reniflant. Il sait pour maman.

Jawau éprouva une bouffée d'indignation.

– Il l'aurait su, tôt ou tard, puisque papa va parler à tes profs. Franchement, Kenji mériterait que je lui casse la figure !

Izia secoua la tête, des larmes aux yeux.

– À quoi ça servirait ? Fais plutôt comme si tu n'étais pas au courant.

– Ce sera difficile. Tu… tu es sûre ?

– Certaine. C'est trop la honte, tout ça…

Puis Izia se leva aussi vite que son genou blessé le lui permettait et, en boitant, son carnet violet à la main, elle se dirigea vers sa chambre. Émergeant de la valise où ils aimaient dormir, Piou et Red, les deux chatons, bondirent gaiement vers elle pour jouer. Contrairement à ses habitudes, Izia les ignora et, poursuivant son chemin, referma la porte derrière elle.

Chagriné pour sa sœur, Jawau réfléchit. Encore une fois, la confiance d'Izia avait été trahie ! Vicky l'avait déçue et maintenant Kenji... Concernant Vicky, il imaginait facilement qu'il s'était agi d'une question de pouvoir. Vicky avait joué le rôle de la chef, et Izia, plus autoritaire qu'elle n'en avait l'air, ne l'avait pas accepté. Bon. Mais Kenji ? Il aurait dérobé le journal intime d'Izia parce qu'il était amoureux d'elle ? Cela n'avait aucun sens.

Mais il avait promis de ne pas s'en mêler. Et au fond, cela valait mieux. D'autant qu'il avait juré à leur père d'éviter les bagarres… N'est-ce pas ?

Il but un lait chaud, alla revêtir son survêtement et, une dizaine de minutes plus tard, ses écouteurs dans les oreilles, filait au pas de course en direction de la forêt enneigée. Respirer, ne plus penser, sentir son corps en mouvement, rapide et agile, voilà ce qu'il adorait.

Dorénavant, à la lisière du domaine forestier, le vieux portail restait ouvert : des travaux avaient commencé non loin de l'entrée. Cinq ou six ouvriers, un conducteur de bulldozer orange, flambant neuf, un autre d'une pelleteuse jaune s'activaient, un casque bleu fluo vissé sur le crâne. Des arbres avaient été abattus puisqu'il fallait agrandir le terrain afin de créer des enclos sur une superficie d'environ 5 000 mètres carrés.

S'arrêtant brièvement pour observer ce chantier dont l'activité contrastait avec le calme ambiant, Jawau ressentit soudain une surprenante fierté. Ici, bientôt, Valrêve accueillerait d'autres animaux en souffrance. Hugues Payens avait peut-être eu bien des défauts, il possédait quand même une grande qualité : aujourd'hui, il ne lésinait pas sur les moyens d'offrir le meilleur aux bêtes adoptées.

Après avoir jeté un œil curieux aux tranchées et aux trous déjà effectués, Jawau repartit vers le sentier qu'ils avaient emprunté le jour de l'incident avec les chasseurs. Désormais, entre les annonces dans la presse, les panneaux d'affichage et les travaux, plus rien de tel ne risquait d'advenir. Malheureusement, on n'avait pas pu identifier les coupables. Ils s'étaient enfuis.

Se calant sur le rythme de sa musique, Jawau accéléra l'allure et garda une foulée courte, inspirant et expirant avec régularité. L'air était si froid qu'il lui brûlait presque les poumons. Une, deux, trois, quatre... Une, deux, trois, quatre... Il comptait machinalement les cadences de sa respiration comme s'il était muni d'une sorte de métronome mental.

Il effectua un premier tour, longeant les clôtures équipées, à intervalles réguliers, d'écriteaux « Chasse interdite », puis entama un deuxième circuit. Il parcourut ainsi 3 ou 4 kilomètres. Plus il courait, plus il ressentait de l'énergie, décuplée par une sensation de liberté grisante.

Et il aurait continué ainsi encore longtemps si, subitement, il ne s'était pris le pied dans une racine. Il s'affala de tout son long, à plat ventre. Laissant échapper un juron, il se releva en frottant ses paumes rougies par le froid. Dans sa hâte, il n'avait pas pris de gants.

Son regard se porta alors sur le tas de pierres couvert de lierre qui se dressait non loin. Les vestiges de la commanderie des Templiers. Le hasard avait voulu qu'il tombe à quelques mètres de cet endroit singulier. Le hasard vraiment ? Une coïncidence troublante, aurait admis Fati, qui croyait aux signes.

Comme lui.

Ses retrouvailles avec Gala lui prouvaient que, d'une certaine manière, le passé n'était pas mort et enterré, que des liens invisibles subsistaient, que l'extraordinaire était possible…

L'idée s'imposa alors, évidente ; exaltante. Pendant les vacances de Noël, il commencerait sérieusement à chercher le trésor. Vraiment sérieusement, donc dans les règles de l'art : matériel – pelle, râteau, détecteur de métaux –, prises de notes pour quadriller les zones, observations et déductions comme en cours de SVT. Il s'organiserait ! Sauf qu'il ne pourrait pas entreprendre ce défi seul. Kenji était d'emblée hors jeu, car indigne de la confiance qu'ils lui avaient témoignée. Izia également, puisqu'elle ne pouvait pas marcher. Mais Loop, tiens, pourquoi pas ?

Jawau repartit en courant de plus belle. Oui, chercher le trésor l'aiderait à surmonter sa déception de ne plus pouvoir être encore plus proche, toujours plus proche, de sa lionne bien-aimée…

« Momentanément, du moins », se répéta-t-il encore.

CHAPITRE 2

Essences de vie

Les pages lui semblaient comme salies, souillées par le regard de celui qui l'avait trahie. Comment continuer à écrire dans ce carnet-là ? Ce journal intime n'avait plus rien d'intime !

Le cœur serré, Izia réfléchit longuement, assise sur son lit, caressant machinalement la fourrure de Yakou venu sur ses genoux. Ce n'était pas la première fois que son chat sentait sa tristesse ou sa détresse. À croire qu'il possédait des antennes invisibles.

Elle s'en voulait d'avoir involontairement montré, au collège, qu'elle écrivait dans ce carnet violet. Elle s'en voulait d'avoir fait confiance à Kenji. Elle s'en voulait de… de tout.

Au fond, peut-être qu'elle en voulait aussi à la vie… Même si Fati, Mamouna ou son père lui avaient affirmé que les épreuves aidaient à se renforcer, à grandir, à acquérir une maturité plus vite, par moments cela ne la consolait pas… mais alors pas du tout.

Après avoir posé Yakou sur la couette, Izia se leva avec précaution en maudissant son entorse au genou. Impossible de marcher, sinon, elle serait partie. Oui, partie de nouveau, loin, et cette fois, on ne l'aurait pas retrouvée ! Elle avait entendu parler des fugues de Capucine, la sœur de Kenji, et secrètement, elle admirait son courage et sa détermination. Puisque rien ne lui plaisait autour d'elle, au moins, elle agissait ! Elle s'efforçait de changer d'existence !

Sauf qu'elle se retrouve systématiquement à la gendarmerie…

Quant à elle, n'avait-elle pas promis à son père et à Jawau de ne plus recommencer ? Et maintenant, Piou, ainsi que Red, réclamaient son attention ! Elle les entendait jouer dans le couloir, de l'autre côté de la porte de sa chambre. Elle n'allait quand même pas les abandonner !

Empoignant le carnet, Izia sortit de la pièce et, suivie par les chatons, se dirigea en boitant vers le poêle encastré dans la vieille cheminée du salon. Chaque matin, leur père prenait le temps d'allumer une flambée, et Nadia ou Jawau venaient remettre des bûches. Elle n'avait pas encore le droit d'entretenir le feu, son père craignait qu'elle ne se fasse mal. Ou qu'elle n'agisse de travers dans un moment de distraction.

Une agréable odeur régnait dans la maison, mélange de fumée douce et de résine : un grand sapin de Noël avait été installé au milieu de la pièce, dans son pot de terre, afin d'être replanté par la suite. Piou et Red commencèrent à grimper joyeusement dans ses branches, transformant l'arbre en terrain de jeux. Izia ne put s'empêcher de sourire. « Ce sera un défi de le décorer sans qu'ils cassent tout ! » songea-t-elle en apercevant le carton empli de guirlandes et de boules multicolores posé à côté. Elle avait proposé de s'en charger. Forcément, vu qu'elle avait toutes ses journées libres…

Mais d'abord, il fallait qu'elle accomplisse un acte décisif. Quelque chose qui marquerait la fin de ses confidences de sa « période violette », et un renouveau, sans doute, oui, elle l'espérait de tout cœur, dans le carnet orange.

Izia ouvrit le poêle et, retenant son souffle, jeta le carnet dans les flammes. Puis, tranquillement, elle referma la porte vitrée du poêle et s'installa dans un fauteuil pour regarder les feuilles brûler.

Aucune larme ne lui vint aux yeux pendant que les feuilles se tordaient, léchées par les flammes rougeoyantes. Au milieu des braises, le violet de la couverture devint vite couleur d'encre…

Comme si le feu écrivait à son tour avant de transformer tout en cendres qui, elles-mêmes, fertiliseront la terre…

Elle se rappela soudain les paroles de Mamouna peu de temps après les funérailles de sa mère. Son visage ridé baigné de larmes, la vieille femme lui avait parlé du cycle de la vie ainsi que des quatre phases du deuil : d'abord, on refusait la réalité de l'épreuve, quelle qu'elle soit ; ensuite on essayait de changer les choses – en vain ! –, puis on était en colère, très en colère… On se rebellait. Enfin, on acceptait la situation. Il le fallait bien. On se résignait d'une certaine manière, et alors là, une forme de paix intérieure revenait, peu à peu.

La vie reprend son cours, tel celui de l'eau claire d'un ruisseau de montagne qui coule et s'écoule avant de rejoindre une rivière qui, elle-même, se jette dans un fleuve qui, lui-même, rejoint la mer… Et se mélange au vaste océan.

Voilà ce qu'avait murmuré Mamouna de sa voix profonde. Sur le moment, Izia n'avait pas tout compris, mais là, c'était clair.

« Dire qu'elle arrive bientôt à Valrêve, avec Fati ! pensa-t-elle alors. Est-ce qu'elle a déjà vu la neige ? Probablement jamais… » Elle sourit, imaginant déjà tout ce qu'elle pourrait accomplir, et partager, avec sa grand-mère et sa nourrice. Cette année, finalement, ce serait un beau Noël !

– *Bye-bye,* journal… Au revoir ! *Adios !* lança-t-elle presque gaiement, en se levant.

Au fond, oui, elle tournait une sacrée page de sa vie. Et, indirectement, grâce à Kenji. S'il ne lui avait pas dérobé son journal, elle ne s'en serait peut-être jamais débarrassée et serait restée accrochée à des sensations, des images, des trucs d'avant, quoi…

Cela ne signifiait pas qu'elle oubliait. Elle avançait…

« We always must move on ! »[17], répétait souvent sa mère.

Izia câlina les chatons quelques secondes, l'un après l'autre, pour ne pas créer de jalousie. Après quoi, elle claudiqua jusqu'à la cuisine et se prépara une tartine de beurre de cacahuètes sous le regard curieux de Bakota qui grignotait de la salade dans son écuelle. Soudain, elle mourait de faim !

---

17. On doit toujours avancer.

Tout en mangeant, elle réfléchit de nouveau puis pianota un SMS… destiné à Vicky.

Elle lui demanda pardon de l'avoir accusée pour rien. Elle ne confia pas, toutefois, qui était l'auteur du vol de son carnet violet. Inutile de jeter de l'huile sur le feu.

À peine cinq secondes plus tard, elle reçut un smiley étonné, suivi d'un « merci LOL ».

Un soupir de soulagement s'échappa de la poitrine d'Izia.

Tout était silencieux autour d'elle mais, pour une fois, ce silence lui semblait aussi aérien que les flocons tournoyant dehors. Et si elle enfilait ses bottes et ses gants de laine ? Elle pourrait sortir faire un gros bonhomme de neige et s'en donner à cœur joie ! Marcher, c'était difficile, mais rester debout ou se pencher, c'était possible. L'attelle sécurisait son genou qui, de toute façon, ne lui faisait déjà presque plus mal.

Décidée, Izia se levait en prenant appui sur la table lorsqu'elle entendit un léger claquement en provenance de la porte d'entrée. Comme si quelqu'un avait glissé du courrier dans la boîte aux lettres. Un dimanche ? Bizarre.

Intriguée, elle alla ouvrir, mais ne vit personne.

Personne sauf Kenji qui, non loin, comme s'il venait de traverser la cour de la maison, filait vers la forêt enneigée. À côté de lui, Skill bondissait souplement au milieu d'un poudroiement de cristaux blancs.

*
**

Entre chien et loups

Essuyant d'un revers de manche la sueur qui perlait sur son front, Jawau souffla plusieurs fois, s'amusant de la buée qui sortait de sa bouche. Puis, ralentissant, il franchit le portail qui donnait accès au refuge. Au même instant, Kenji apparut, trottant vers lui, une cagoule bleue rabattue sur la tête. Jawau le regarda droit dans les yeux, et l'ex-ami d'Izia détourna le visage tout en poursuivant sa course en direction de la forêt. Lorsqu'ils se croisèrent, son chien ne jeta pas un seul coup d'œil à Jawau, concentré sur le parcours de son maître.

Une sourde colère envahit Jawau tandis qu'il empruntait l'allée menant au bâtiment où son père et les soigneurs se retrouvaient régulièrement. Ce Kenji… Comment avait-il osé subtiliser le journal de sa sœur ? Quelle honte ! Il avait intérêt à filer doux, à se montrer discret, très discret, sinon…

Sinon rien ! J'ai promis de ne pas m'en mêler.

Oui, mais quand même, c'était difficile. Et pas du tout dans son caractère. Il ne supportait pas qu'on fasse du mal à Izia !

Reportant son attention sur les enclos, Jawau fut momentanément pris de court : tous étaient vides. Évidemment, à cause du froid et de la neige, les animaux ne sortaient pas et, sous le ciel gris, cela créait une étrange atmosphère de campement grillagé. « Vivement que le temps soit plus doux », songea-t-il en continuant au pas de course. Néanmoins, qu'il gèle ou qu'il vente, il chercherait le trésor ! Là, il lui manquait juste l'autorisation paternelle en bonne et due forme, histoire de bien respecter sa parole d'être sage. « Enfin, aussi sage que possible, en tout cas », se dit-il en pensant à son secret avec Gala.

Il s'apprêtait à courir de nouveau lorsqu'il tomba sur Hugues Payens, emmitouflé dans une parka kaki, la tête protégée d'une chapka noire dont la fourrure lui recouvrait la moitié des joues.

– Bonjour, monsieur, lança-t-il poliment.

Il accéléra l'allure…

– Jawau ! Un instant, s'il te plaît.

Étouffant un soupir, Jawau se retourna.

– Monsieur ?

Hugues le contempla fixement, une lueur indéchiffrable au fond de ses yeux bleus. Puis, avançant de quelques pas vers l'adolescent, il déclara d'un ton théâtral :

– Imagine deux loups. L'un est en colère, l'autre pas…

– Vous parlez de Tusk et d'Ikta ? coupa Jawau, incrédule.

Il remarqua confusément que des flocons de neige s'accrochaient à la barbe blanche du vieil Hugues.

– Non, je parle des loups en nous. Ceux que nous avons en nous, qui vivent en nous et que nous nourrissons, précisa Hugues en ébauchant un sourire. Ce n'est pas le moment de philosopher, mais…

– Non, parce que justement, je dois voir papa. J'ai quelque chose d'important à lui demander.

– Ton père s'est absenté tout à l'heure, avec Nadia. Je peux peut-être t'aider ?

Jawau haussa les épaules. Imaginer son père avec Nadia, cela l'énervait plus qu'il ne l'aurait souhaité.

– Je ne crois pas. J'ai besoin de son autorisation pour aller chercher le trésor, donc vous ne pouvez rien pour moi.

Hugues hocha la tête et une étincelle pétilla au fond des prunelles du vieil homme.

– Attention, quand on commence, on a du mal à s'arrêter…

– C'est-à-dire ?

– Ça te prend, et ça ne te quitte plus, c'est passionnant et obsédant, expliqua Hugues.

– Mais vous, vous avez bien arrêté ? rétorqua Jawau, sa curiosité piquée au vif.

– Après une vingtaine d'années, voire plus, oui… D'ailleurs, de cette époque, j'ai gardé quelque chose qui serait peut-être intéressant pour toi. Un détecteur, ça te tente ?

– Un détecteur… de mensonges ? plaisanta Jawau.

– Ah, ah. Tu as le sens de l'humour. Un détecteur de métaux, évidemment, ce qui permet de savoir où il y a des pièces d'or, d'argent, ce genre de petites choses qui nous passionnent, nous autres, chercheurs de trésors.

En prononçant ces mots, Hugues sourit de nouveau. Avec sa toque fourrée, il évoquait un héros tout droit sorti d'un roman d'espionnage russe.

– Justement, j'aimerais m'équiper correctement, avoua Jawau. Vous avez fouillé l'endroit où il y a les vestiges de la commanderie Payens ?

– Naturellement, mais je n'ai rien trouvé.

– Il y a les pierres du mur…

– … qui appartenait à une grande construction, en effet. Or, pschitt !

Hugues claqua son pouce et son majeur.

– Plus rien. Envolé ! En apparence, précisa-t-il d'un air énigmatique. Il doit rester des traces du passage de mes ancêtres. Certains ont dû s'enfuir en Angleterre, d'autres sont restés en Normandie en changeant parfois de nom… Dans la famille, nous sommes persuadés qu'ils ont laissé des témoignages de leur activité, qui est ensuite devenue secrète.

Jawau ne put s'empêcher de songer à ce que lui-même dissimulait. Une autre forme de trésor…

– Alors, votre détecteur, vous me le prêteriez ?

– Absolument. Avec plaisir, même. Sache que si tu mets la main sur ce qu'on cherche depuis tant de temps, tu en seras aussi propriétaire en partie.

Jawau ne put dissimuler sa stupeur.

– Si je découvrais des diamants, ils seraient à moi ? Partiellement, je veux dire ?

– Tout à fait. Sauf que les chevaliers du Temple n'étaient pas tellement férus de bijoux. Ils accumulaient plutôt de l'or, de l'argent… Et des connaissances merveilleuses, rapportées de leurs longs voyages, qu'ils transcrivaient dans des manuscrits.

– Quel genre de connaissances ?

– Agricoles, essentiellement. Comment mieux faire pousser le blé, l'orge ou d'autres céréales dans des conditions peu propices, quand il n'y a pas d'eau, par exemple. De leur temps, l'eau courante n'existait pas.

– Je suis au courant… qu'il n'y avait pas d'eau courante.

Hugues le contempla de nouveau, et un drôle de sourire se dessina sur ses lèvres fines. Appréciait-il l'humour de Jawau ?

– Passe chez moi, et je te donnerai le matériel du parfait chercheur de trésors. Mais à une condition.

– Laquelle ?

– Que tu écoutes le conte des deux loups que je voudrais te raconter. Et viens avec Izia, ça pourrait l'intéresser…

*
**

Une question d'amour

La feuille à carreaux, arrachée dans un cahier, avait été pliée en deux et glissée dans une enveloppe libellée à l'attention d'Izia. L'écriture, à l'encre bleue, était appliquée :

*« **I**nventer l'été pour toi*
***Z**este de soleil dans ton nom*
***I**maginer une première fois*
***A**vec toi*

Je sais, Izia, c'est nul, mais je t'ai dit la vérité, je ne voulais pas te le prendre, ce carnet, je voulais juste le ranger dans ton sac, mais il est tombé, comme s'il m'était destiné, et alors j'ai su pour ta maman, et ça m'a donné envie de pleurer, j'aurais aimé te consoler, et t'impressionner, te mentir en te racontant que je l'avais trouvé, te le rapporter tel un super-héros, tu sais, mais je n'ai pas pu, j'ai été pris au piège d'un truc que je ne voulais pas faire, je n'ai pratiquement rien lu, tu sais, pour ne pas te trahir, j'espère que tu me pardonneras un jour parce que je… t'a.i.m.e., et voilà, je l'ai écrit…

Kenji »

Assise près de la cheminée du salon, Izia relut une troisième fois la lettre qu'elle avait trouvée dans la boîte. Elle aurait voulu être choquée, en colère, mais curieusement, ce n'était pas ce qu'elle ressentait.

Elle en oubliait totalement ce qu'elle avait accompli quelques instants plus tôt, son carnet violet jeté au feu.

– Tu ne connais pas la ponctuation, toi ? murmura-t-elle, amusée et bizarrement attendrie par la longueur de la phrase.

Les mots semblaient vraiment avoir été tracés d'un jet. Comme un souffle. Malgré tout, inspiré, Kenji avait cherché à créer un poème à partir de son prénom.

Quand même…

Se sentait-elle flattée ou énervée ? Prête à pardonner ? Non, sûrement pas… Mais chamboulée, oui. Émue et touchée.

Tu as toujours bien aimé Kenji, pas vrai ?

Oh oui, et pas qu'un peu. Dès le premier regard. Ils avaient partagé de nombreux moments tellement sympas, des fous rires, ils aimaient autant les animaux l'un que l'autre, et au collège, sans Kenji, elle serait si seule…

– Izia ?

Elle sursauta. Jawau venait d'arriver. S'engouffrant dans la pièce, il ôta son blouson, le suspendit au porte-manteau et s'ébouriffa les cheveux, emmêlés sous son bonnet. Il portait sa tenue de jogging, et avait dû courir longtemps car de la sueur perlait à ses tempes.

– Ça va ? demanda-t-elle.

– Super-bien ! Je viens de croiser le vieux sapajou, et je crois qu'on est de nouveau copains, annonça Jawau en effectuant des moulinets avec ses bras.

– Quoi ?

Perplexe, Izia dévisagea son frère et, une fois de plus, eut la sensation qu'il lui cachait quelque chose. Il dégageait une énergie vraiment… débordante, et ses yeux brillaient comme s'il avait de la fièvre.

– Tu es sûr que ça va ?

– Mais oui ! Mieux. Vraiment mieux. Mais je me sens, comment dire… surexcité, et tu vas vite comprendre pourquoi ! Hugues me prête un détecteur de métaux !

– Pour quoi faire ?

– À ton avis ?

– C'est quoi un détect…

Puis Izia comprit, se reconnectant mentalement avec les préoccupations aventurières de son frère.

– Ah oui, pour chercher le trésor ?

– Exactement.

– Sans moi ?

– Désolée, *sister*, si j'attends trop…

Jawau haussa les épaules.

– J'ai juste besoin de bouger et d'oublier que je ne…

Il s'interrompit brusquement.

– Que tu ne… quoi ?

– Rien.

– Hum, hum… Qu'est-ce qui t'arrive ?

– Rien.

– Menteur. Tu ne me dis pas tout.

– J'avoue que non, dit Jawau après une brève hésitation. Je ne préfère pas, ajouta-t-il en retirant ses baskets. Pas pour le moment, en tout cas.

Izia l'observa de nouveau. *C'est sérieux, alors… Ou grave… Ou dangereux…*

– Je n'aime pas quand tu as des secrets.

– Moi non plus. Mais c'est pour ton bien.

– Ah, ah… Excuse facile pour garder les choses pour soi, égoïstement, monsieur Jawau Beaucaire.

– Pense ce que tu veux !

De la neige fondue et de la boue maculaient le sol autour des pieds de Jawau, formant une flaque. Piou et Red s'y élancèrent et glissèrent joyeusement. Les regardant, Izia sourit et replia la lettre de Kenji avant de la mettre dans la poche de son jean. *Bon, bah, après tout, moi aussi, j'ai mes secrets…*

– Je nettoierai après, marmonna Jawau. D'abord, je vais prendre une douche. Pour le trésor, de toute façon, je doute qu'on le découvre rapidement…

– On ?

– J'irai avec Loop. Et avec toi dès que tu seras sur pied. On en a pour des mois ou des années, tu sais. Hugues y a consacré au moins vingt ans ! Mais il faudra que j'écoute une histoire si je veux qu'il nous prête le détecteur. Un conte sur deux loups, précisa Jawau d'un air un peu embarrassé. J'ai accepté.

– Drôle de condition…

– D'autant plus que toi aussi tu devras venir.

– Non !

– Si. Il le veut. Personnellement, ça m'est égal, moi, je suis prêt à tout pour la recherche. Ce sera top !

En parlant, Jawau replia une jambe sur le côté et posa le pied sur sa cuisse, imitant la posture de l'arbre en yoga. Sauf que Piou se mit à grimper sur sa jambe et, gêné par les griffes acérées du chaton, Jawau faillit perdre l'équilibre.

– Décidément, c'est la journée des chutes ! s'agaça-t-il, se rattrapant de justesse. Je suis tombé en forêt, tout à l'heure…

– Tu es trop speed, c'est pour ça ! Exerce-toi à garder ta position de yogi, ça te fera du bien. Et pour cette histoire avec le vieux sapajou, désolée, mais moi, je ne te promets rien…

Réprimant un sourire satisfait, Izia se leva et claudiqua vers sa chambre. Au fond, elle n'en voulait pas vraiment à Jawau de ne pas lui révéler son grand secret si mystérieux. En vérité, bizarrement, depuis qu'elle avait brûlé son carnet et qu'elle avait lu la lettre de Kenji, elle se sentait plutôt légère… et même d'excellente humeur !

À ce moment-là, son portable vibra. Elle avait reçu un SMS.

Jawau aussi.

Leur père les prévenait que Pitou le lionceau venait d'arriver...

CHAPITRE 3

Espoirs et renouveau

Maigrichon, le regard bleu mais brouillé, le pelage terne et troué de plaques provoquées par une sérieuse dermite – gale ? teigne ? –, le bébé lion faisait pitié. Il bougeait à peine, affalé au milieu de la paille fraîche que les soigneurs avaient étalée dans la loge de Tilly, devenue celle de Pitou pour l'instant. À côté, dans leur propre enclos, Gala, Tilly et leurs trois lionceaux, immenses comparés à leur congénère de deux mois, observaient la scène avec un détachement tranquille.

Inquiet, Kenji s'approcha de Marco et chuchota :

– Tu crois qu'il va s'en sortir ?

– Je pense. Il est résistant. Chez les animaux, on s'adapte très vite ou on meurt. C'est « marche ou crève », tu sais... Si Pitou passe la nuit, on pourra franchement être optimistes, répondit son oncle.

Kenji reporta son attention sur le pauvre petit lion qui regardait autour de lui d'un air effrayé. L'animal endurait les conséquences d'une déshydratation sévère, il était donc extrêmement affaibli et très maigre. Après l'auscultation approfondie effectuée en urgence par Antoine, Marco lui avait donné un biberon de lait spécial, enrichi de diverses vitamines et de médicaments. Pitou avait tout avalé, ce qui était bon signe. Un animal qui ne mangeait plus ne luttait plus pour vivre. Ce n'était pas le cas de Pitou.

– Il faudrait le surveiller vingt-quatre heures sur vingt-quatre…

– Oh oui. On organisera des tours de garde, précisa Marco. Pitou a déjà traversé tant d'épreuves que je n'en reviens pas moi-même.

– Tout ça parce qu'il s'est retrouvé piégé, possédé comme une simple chose par un imbécile qui voulait se faire plaisir ! s'exclama Jawau d'un ton indigné, les rejoignant à ce moment-là d'une démarche décidée.

Izia l'accompagnait. En croisant son regard, Kenji sentit son cœur se serrer. Il y percevait une lueur de reproche, mais également autre chose qu'il n'aurait pu définir. Avait-elle découvert sa lettre ? Qu'en pensait-elle ?

Jawau passa sans lui jeter ne serait-ce qu'un coup d'œil. Forcément, il lui en voulait autant que sa sœur.

Izia et Jawau se soutenaient, eux, contrairement à Capucine et lui.

Kenji observa discrètement Izia. En doudoune mauve, la capuche rabattue comme pour se masquer le visage, elle n'avait d'yeux que pour le lionceau. Jawau, pour sa part, contemplait alternativement Gala, Tilly, leurs petits et le nouveau venu. Le clan de Tilly reprenait peu à peu ses habitudes. Gold se léchait les pattes, tandis que Samba et Whyla commençaient à jouer en se mordillant. Gala s'était rapprochée de Tilly et leurs flancs dorés s'effleuraient doucement. Qu'ils paraissaient paisibles ! Une vraie belle famille... Et Tilly n'était pas du tout perturbé par ce regroupement, bien au contraire ! Il se rengorgeait, torse bombé, en parfait et majestueux patriarche régnant sur son groupe. « De toute manière, la journée, lorsqu'ils sont dehors, ils sont toujours ensemble », songea Kenji. Ici, dans leur loge, ils auraient juste un peu moins de place pour dormir, mais cela ne devrait pas poser de problèmes vu qu'ils adoraient se lover les uns contre les autres !

Pitou sursauta brutalement lorsque Tilly gronda à cause de Whyla qui venait de lui écraser le ventre pour passer au-dessus de lui. Le bruit – un râle sourd qui montait des entrailles du vieux félin – résonna à la manière d'un lointain roulement de tonnerre. *Vieux... mais pas silencieux !*

– Pitou n'a jamais entendu ça, commenta Jawau. Il ne sait même pas qu'il est un lion...

– Il n'a même pas dû connaître sa mère, ou à peine, ajouta Izia. Comme Gala, tiens ! On l'a adoptée au même âge.

– C'est vrai.

– Vous vous en souvenez bien ? s'intéressa Kenji.

Izia lui décocha un regard noir et se détourna ostensiblement. Jawau ignora la question.

Pigé. Maintenant, ils me détestent…

Kenji réprima une soudaine envie de pleurer. Il s'en voulait terriblement d'avoir pris le journal d'Izia, mais comment expliquer que son geste avait été impulsif, spontané, limite idiot ? Même si, à l'origine, son élan provenait de son souci de mieux comprendre Izia pour essayer de l'aider. Il la sentait triste, trop triste, et il aurait aimé la consoler…

Quelle erreur ! Pourquoi n'avait-il pas réfléchi aux conséquences ? Il s'était comporté comme ces bébés félins qui, à cause de leur instinct trop curieux, se retrouvaient parfois dans des situations périlleuses.

Il aurait dû détruire le carnet violet, sans rien avouer. Au moins, à cette heure, il serait toujours ami avec Izia et Jawau. Parfois, la vérité se révélait pire que la dissimulation ou le mensonge.

Peut-être. Parce qu'il s'en serait voulu pendant un bon moment d'avoir agi de la sorte, et les remords pesaient aussi très lourd, longtemps en plus.

Non, en fait, ça doit être pire…

La gorge nouée, Kenji se dirigea vers la sortie de la maison des lions.

– Où tu vas ? appela Marco.

– Aux toilettes !

Ce n'était pas vrai, mais il avait besoin d'être seul pour s'autoriser à fondre en larmes.

*
**

Le conte de Mamouna

L'engin ressemblait à un aspirateur sans sac à poussière, doté d'une espèce de cercle, comme un disque, tout en bas du manche. Un écran fixé sous la poignée, à affichage digital, servait à signaler la présence de métaux grâce à des mesures d'ondes magnétiques. Il y avait également un casque audio pour écouter plus finement les signaux émis par l'appareil.

– C'est vraiment grâce à ce truc qu'on peut découvrir un trésor ?

Jawau contempla de nouveau le détecteur puis jeta un coup d'œil à Izia. Elle paraissait rêveuse, distante, assise au bout de la grande table de la cuisine sur laquelle Hugues disposait des bols de chocolat chaud.

Encore émus par le petit Pitou, tous deux s'étaient rendus directement chez Madeline et Hugues en sortant de la maison des lions. Jawau avait dû insister pour qu'Izia accepte de venir, mais finalement, d'un pas prudent – son attelle au genou la freinait –, elle avait suivi son frère.

– Oui, comment ça marche ? interrogea-t-elle distraitement.

– Grâce à des ondes. On appelle cet appareil une « poêle à frire », précisa Hugues, une lueur malicieuse au fond des yeux. Il fonctionne grâce à l'induction électromagnétique : seuls les objets conducteurs, les métaux, émettent des ondes. L'or et l'argent, par exemple.

– Vous en avez déjà trouvé ? demanda Jawau, qui sentait déjà l'enthousiasme le gagner.

Hugues esquissa une moue amusée.

– Quelques pièces de monnaie, une cuillère à dessert, un casque de soldat datant de la Première Guerre mondiale… J'espère que vos trouvailles seront plus conséquentes que les miennes. Quoi qu'il en soit, la recherche elle-même est passionnante. Attention, ajouta-t-il, la quête devient même entêtante, obsédante… C'est la fameuse fièvre du trésor !

– La fièvre ? Carrément ? Ça promet… ajouta Izia.

– Pas une véritable fièvre, hein ? Le sens est figuré.

– J'avais compris, marmonna Izia en haussant les épaules.

Le sourire aux lèvres, le vieil homme s'installa à table et but le café qu'il s'était préparé. À côté, dans le salon, Madeline discutait avec Nadia et Antoine. Ils parlaient du petit lionceau rescapé, déjà surnommé le « protégé de Valrêve ».

– Bon, reprit-il, comme je l'ai expliqué à Jawau, j'ai une histoire à vous raconter. Le conte des deux loups. C'est une parabole, évidemment.

– Une parabole… Une antenne ? plaisanta Jawau.

– Un récit symbolique, soupira Izia. Le sens est figuré.

– Petite sœur, je rigolais.

Izia esquissa une moue.

– Avec toi, on ne sait jamais.

Ils burent leur chocolat, et Hugues attendit qu'ils aient vidé leur bol avant de commencer :

– Je vous aime bien, tous les deux. La famille est très importante pour moi, même si je n'ai pas eu d'enfants…

Il désigna le détecteur de métaux :

– Ce qui est à moi est donc à vous. À votre père, et à vous. Je partage volontiers la maison, le matériel… Quand je peux donner, je donne. L'existence du refuge de Valrêve en est la preuve : j'ai mis ma vie au service des animaux.

– Après avoir été un chass… souligna Izia, sourcils froncés.

– Chasseur… Oui ! Mais c'est du passé.

Dans la pièce adjacente, un silence s'établit. Antoine, Nadia et Madeline les écoutaient-ils ? Hugues se racla bruyamment la gorge, et quelques instants plus tard, ils entendirent la discussion reprendre. Le vieil homme reporta alors son attention sur Jawau et Izia :

– Ce que je vais vous raconter, seuls les adultes peuvent a priori le comprendre. Je crois toutefois que vous, Izia et Jawau, vous capterez très bien mon message. Vous êtes suffisamment mûrs, l'un et l'autre.

Il marqua une pause. Jawau échangea un nouveau regard avec Izia. Ce moment semblait si… solennel ! C'était bizarre, quand même. Mais intéressant.

– À cause de mon passé de chasseur, la colère a longtemps grondé en moi, continua le vieil homme. La colère contre moi-même. La colère contre ce qui m'avait animé, autrefois, et qui m'avait incité à être ce que j'étais. Un homme égoïste, arrogant, attiré par la gloire et les sensations de victoires faciles : chasser en procurait. On domine les animaux avec notre arme. On se sent le plus fort ! Puis, peu à peu, après la mort de la mère de Gala, j'ai changé… J'ai changé mon fusil d'épaule, devrais-je dire, piètre jeu de mots !

Il lâcha un rire bref.

– Parce que mes valeurs personnelles ont été radicalement transformées. Tuer ne serait-ce qu'une araignée m'est devenu impossible. Malgré tout, je n'ai pas réussi à me pardonner, ni à faire la paix avec moi-même. Jusqu'à ce que votre grand-mère me parle…

– Notre grand-mère ? s'exclamèrent Jawau et Izia, stupéfaits.

– Absolument. La mère de votre mère.

– Mamouna… qui va bientôt venir ici ? demanda Izia, incrédule.

– Vous la connaissez ? renchérit Jawau, sidéré.

Hugues fit signe que oui.

– Je ne l'ai rencontrée qu'une seule fois, lors d'un séjour à Wild Field, quelque temps après la création de Valrêve. Je suis retourné au Kenya pour discuter avec vos parents, puisque vous savez peut-être que…

– … cousin Hugues a été le bienfaiteur de notre réserve ! compléta Antoine d'une voix forte, depuis le salon.

– Papa ! protesta Izia. Viens avec nous au lieu de faire comme si tu n'écoutais pas !

– C'est vrai, dis donc ! lança Jawau. Viens !

Antoine passa la tête à travers l'encadrement de la porte et sourit.

– J'aimerais bien, mais je dois rejoindre Marco, Léa et Jérémie. On va avoir besoin d'embaucher du personnel. On discute finances, avec Nadia et Madeline.

Embaucher ? Instantanément, Jawau pensa à Loop et au père de ce dernier, au chômage. Il faudrait qu'il parle de lui…

– Bref, revenons à mon histoire des deux loups, reprit Hugues. Je précise que dans le récit de votre grand-mère, il s'agissait de hyènes… Au final, vous verrez, cela revient de toute façon au même. Alors voilà : un jour, un vieux bonhomme comme moi voit son petit-fils arriver très en colère. Vraiment en colère. « Que se passe-t-il ? » interroge-t-il. Son petit-fils lui explique qu'un camarade lui a joué un très mauvais tour, et qu'il lui en veut terriblement. Pour lui, c'est une faute, une injustice impardonnable. Il ne s'en remettra pas ! Il lui en voudra toujours ! Son grand-père sent à quel point la rancune dévore son petit-fils. « En moi-même vivaient deux loups, raconte-t-il alors. L'un était énervé, hargneux, prêt à se battre, à en découdre, à mordre… Il voyait la vie à travers le prisme de sa rage. L'autre était, au contraire, tranquille, serein, confiant dans sa capacité à résoudre les problèmes, à affronter les obstacles… »

Le vieil Hugues considéra Jawau et Izia en silence quelques instants, puis il poursuivit :

– En lui, comme en moi à l'époque, les deux loups se battaient constamment.

– Ou les deux hyènes, répliqua Izia.

– Si tu veux, oui, dit Hugues en souriant. Les deux bêtes sauvages se bagarraient et se bagarraient. Et un jour, l'une d'elles gagna. Laquelle, à votre avis ?

Indécis, Jawau jeta un coup d'œil à Izia. Elle haussa les épaules et lâcha :

– La plus forte.

– Oui, la plus forte, renchérit-il.

– Mais comment est-elle plus forte ? insista Hugues.

– Elle est plus musclée, plus rapide, plus jeune… énonça Jawau.

– Parfois, les vieux animaux sont plus forts que les jeunes, objecta Izia. Jawau, tu ne te souviens pas de cet horrible combat entre deux girafes à Wild Field ?

– Si…

Les images revinrent à l'esprit de Jawau, étonnamment colorées et vibrantes en dépit du temps qui s'était écoulé. Pour une question de territoire, deux mâles s'étaient affrontés pendant un long moment, et alors que tout le monde croyait que le plus jeune l'avait emporté, le plus âgé lui avait assené un coup mortel au flanc.

– Qu'est-ce qui rend un animal vraiment plus fort ? L'expérience ! affirma-t-il.

– Pas seulement, objecta Hugues. Pensez à l'essentiel… Ce qui est vital, radicalement vital, que ce soit dans la savane ou ailleurs, pour les animaux comme pour nous, les humains…

– La nourriture ! s'exclama Izia. Si tu ne manges pas, tu es faible, et tu meurs.

– Exactement.

Hugues poussa un soupir.

– Dans le conte de Mamouna, c'est la hyène que nourrit le vieux bonhomme qui gagne.

– Ou le loup, dit Izia, qui avait décidément envie de contrecarrer Hugues.

Jawau se mit à rire.

– Ou le rhinocéros… On s'en moque, du genre d'animal, c'est une métamophe ou un truc comme ça.

– Une métaphore, rectifia Izia.

– Exactement, approuva Hugues. Autrement dit, plus tu nourris l'animal en colère, plus il se renforce.

– Et si tu donnes à manger à celui qui est cool, il devient tout aussi fort que l'autre, mais en ayant meilleur caractère, résuma Izia.

– Il peut aussi se faire marcher sur les pieds, riposta Jawau. Ou on peut abuser de lui. Le bon équilibre trouver il faut, ajouta-t-il en prenant la voix de Maître Yoda.

– Oui… Par exemple, Vicky a essayé de profiter de moi, mais aujourd'hui, je crois qu'elle a compris, ajouta Izia. On se parle de nouveau.

– Si ça se trouve, vous serez amies. Comme Loop et moi, précisa Jawau, songeur. Au début, on s'est battus, mais maintenant, on est amis ! De vrais amis, je parie. Pas d'hypocrisie entre nous.

Un silence régna quelques instants. Plus aucun bruit ne provenait du salon : Antoine, Nadia et Madeline avaient dû terminer leur conversation, et partir.

Réfléchissant à ce qu'Hugues leur avait raconté, Jawau comprit alors le message implicite de son histoire. Celle de Mamouna, leur grand-mère, en vérité.

Il veut qu'on fasse la paix…

Pensif, il se leva et aida Izia à se redresser, elle aussi. Hugues les regardait tous les deux, attentifs, les scrutant comme s'il voulait lire en eux.

– Bon, ça fait réfléchir… Mais on va y aller, maintenant. Merci pour la « poêle à frire », le chocolat et l'histoire, dit Jawau.

Il s'empara du détecteur de métaux et le trouva agréablement léger, facile à manier.

– Oui, merci, monsieur, lança Izia.

– Merci… Hugues, rectifia Jawau.

Le vieil homme sourit, et une étincelle chaleureuse traversa son regard tandis qu'il acquiesçait d'un air satisfait.

– De rien. À bientôt, les jeunes.

Une fois qu'ils furent dehors, suffisamment éloignés de la maison des Payens, Izia s'exclama sur un ton de reproche :

– Tu as appelé le vieux sapajou par son prénom !

– Je sais. Mais je ne veux plus nourrir le loup, ou la hyène en colère...

– Donc tu lui pardonnes d'avoir tué la mère de Gala ?

– Ben... Ça fait longtemps et, depuis, il a accompli de bonnes actions.

– Il a nourri son loup gentil... Oui, oui, j'ai compris. Et toi aussi, tu veux faire pareil. Moi, je ne suis pas sûre. Hé, à propos de loups, tu as des nouvelles d'Ikta ? enchaîna Izia, pour changer de sujet.

– Non, mais l'opération est programmée. Elle sera sauvée.

– Je l'espère.

– Il n'y a pas de raison que ça ne se passe pas bien. Papa est un super-vétérinaire !

– Je sais, oui. Mais les accidents... Non, il faut que je pense à autre chose, se reprit Izia. Maman disait que si on imagine une situation positive, une réussite, ça nous donne confiance et ça permet aux belles choses de se produire.

– Je m'en souviens, oui, murmura Jawau.

Une bouffée de nostalgie, plus forte que d'habitude, l'envahit soudain. Mais à cet instant, pour la première fois, ce n'était pas uniquement à cause de la disparition de leur mère. Le visage d'une adolescente aux yeux verts s'imposait à son esprit, encore. Lou… Mais Lou sortait avec Niko. C'était comme ça. Et de toute manière, les filles et lui, ça ne collait pas vraiment. Il ne savait pas s'y prendre.

– Qu'est-ce que tu vas faire, aujourd'hui ? demanda-t-il, chassant ses idées noires.

– Décorer le sapin. Tu m'aides ?

– Bof. Non.

– Allez, donne-moi un coup de main, s'il te plaît ! Je voudrais qu'il soit fini avant l'arrivée de Mamouna et Fati. Mais avec Piou et Red qui jouent dans les branches, ce sera difficile ! Je ne suis pas certaine de réussir…

Même si je me concentre de toutes mes forces sur des visions positives !

Jawau jeta un coup d'œil à sa sœur. Elle souriait légèrement, et des flocons s'étaient accrochés dans ses boucles noires. Les mêmes cheveux que les siens. Sombres, épais, ondulés. Ceux de leur maman.

– Je vais me concentrer avec toi, alors… Mission sapin de Noël !

CHAPITRE 4

Les cadeaux de la vie

Dix jours plus tard

Izia saisit la fourche et éparpilla le foin au pied du pommier, sur la terre gelée encore couverte de neige par endroits. Réglisse patientait près d'elle, ses grands yeux bruns emplis de douceur. L'ânesse savait que ce repas était pour elle, et rien que pour elle. En attendant que sa blessure au pied cicatrise parfaitement – une deuxième infection s'était hélas produite, fragilisant davantage la plaie –, elle avait été provisoirement placée seule, dans une parcelle à côté du vaste espace arboré réservé aux équidés. Jérémie et Jawau avaient bâti un abri en quelques heures, afin que Réglisse puisse s'y réfugier en cas de mauvais temps. L'ânesse pouvait voir ses congénères en toute tranquillité : les zèbres se montraient farceurs, en ce moment, peut-être à cause du climat froid. Profitant de la faiblesse passagère de Réglisse, les autres ânes et les chevaux l'empêchaient aussi de manger à satiété. Là, en tout cas, on lui permettait d'éviter des situations perturbantes pour sa santé.

– Et voilà ! Régale-toi ! dit Izia.

Tous les matins, quand elle n'allait pas à l'école, elle rendait visite à la vieille ânesse. En renâclant affectueusement, celle-ci s'avança et commença à mâcher l'herbe séchée avec appétit. Izia entreprit alors de lui brosser le flanc, retirant des plaques de boue et des brins de paille çà et là, mais Réglisse s'écarta vite. Stigmate de sa vie de bête de foire, elle ne supportait pas qu'on la touche avec un ustensile : pas de brosse, pas de licol, pas de cure-pieds... Elle acceptait juste les caresses de quelques rares personnes : Izia, Marco… et Kenji. Pour lui parer ses sabots, c'était compliqué car elle ne se laissait pas faire.

D'où l'incident avec le maréchal-ferrant, qui avait involontairement blessé le pied de Réglisse.

Izia l'observa et sourit. Elle avait toujours eu un faible pour les animaux fragilisés par l'âge ou les duretés de l'existence, les boiteux, les malades… Elle aimait les soigner et les réconforter. Entre Réglisse et elle, une émouvante complicité naissait au fil des jours. La reconnaissance d'un animal était parfois difficile à acquérir, il fallait du temps, mais la confiance finissait toujours par s'installer, alors profonde et infinie. *Et avec les animaux, il n'y a ni mensonges ni trahisons.*

Sortant de l'enclos, Izia veilla à éviter les aspérités du terrain neigeux, les creux et les bosses parsemées de givre glissant. Malgré l'attelle, son genou droit lui faisait toujours un peu mal. Encore une dizaine de jours ainsi, avait annoncé le médecin. Ce serait long !

Un rayon de soleil perça les nuages, et la neige scintilla, constellée d'éclats nacrés, lumineux. Clignant des yeux, Izia retourna à la maison avec entrain. Les vacances de Noël avaient enfin commencé. Son premier

« Noël blanc » ! « Blanc dans tous les sens du terme », songea-t-elle. Puis elle pensa à son père parti un peu plus tôt chercher Mamouna et Fati à l'aéroport. Les retrouvailles seraient emplies de chaleur et d'amour ! À cette perspective, son cœur joyeux battit plus fort.

Quelques instants plus tard, dans le salon, Izia fut heureuse de découvrir qu'un feu flambait dans la cheminée, diffusant une agréable chaleur. Elle pensa fugitivement à son carnet violet, et chassa de son esprit l'image des feuilles noircies. *Page tournée… Définitivement tournée…* Avisant Jawau, installé sur le canapé, elle réalisa qu'il ignorait toujours son geste. Oh, et puis, elle ne lui en parlerait pas ! À quoi bon ? De plus, curieusement, savoir qu'elle seule était au courant la renforçait dans sa décision d'avoir fait brûler son ancien journal. Dans le nouveau, celui à la couverture orange, elle avait déjà commencé à griffonner des mots et pensées qu'elle ne confiait à personne. Parfois, elle inventait des choses, de jolies phrases avec des images, comme de la poésie. Et elle jouait à avoir des secrets… Après tout, Jawau possédait également un secret !

Paupières mi-closes, le lémurien se blottissait dans les bras de Jawau en affichant un air béat. Forcément… Son maître lui nettoyait les oreilles, ce qui lui prodiguait un massage relaxant.

– Hé, hé ! Ça va ?

– Super-bien ! Plus d'école pendant presque trois semaines, c'est génial ! répliqua gaiement Jawau. Bon d'accord, toi, la veinarde, tu es déjà en mode cool depuis un moment grâce à ton entorse !

– À cause de mon entorse ! corrigea Izia. J'aurais préféré aller en classe, je te signale. J'ai une tonne de cours à rattraper, et personne pour m'aider.

Même plus Kenji…

Sa gorge se noua. De nouveau, elle se demanda comment il avait pu la trahir, lui mentir à ce point. Même sa lettre n'expliquait pas tout. *Même si, soi-disant, il est amoureux de moi…*

Se forçant à oublier Kenji, Izia s'assit en face de son frère, desserra les sangles de son attelle, et se pencha pour attraper Piou qui passait à ce moment-là sous la chaise. Maintenant, le ventre du chaton était bien rebondi, et son pelage blanc tout soyeux.

– Ne t'inquiète pas, on trouvera une solution ! On trouve toujours des solutions, répéta Jawau. Un problème sans solution, ça n'existe pas !

– Ou alors ce n'est pas un problème, compléta Izia. Paroles d'Amandla Beaucaire !

– Exactement. Maman nous l'a souvent dit, et c'est plutôt vrai, non ?

– Pratique, surtout. Oui, oui, je me débrouillerai. Je travaillerai.

– Et voilà la solution parfaite ! La mienne, c'est de ne pas travailler, hé, hé.

– Dans ce cas, tu ne pourras jamais devenir soigneur.

– Si, puisqu'on est à Valrêve !

– Tu crois que tu seras pistonné ? Papa n'est pas d'accord… Et rappelle-toi que Kenji aussi veut être soigneur.

Jawau fronça les sourcils.

– Lui ? Ce traître ? On verra ! Même s'il est le neveu de notre soigneur de félins ! Au fait, tu sais qu'ils veulent embaucher du personnel ? reprit-il. Le refuge s'agrandit, parce qu'on accueillera de plus en plus d'animaux !

Il lâcha Bakota, se leva et jeta les cotons-tiges utilisés pour nettoyer les oreilles de l'animal dans la poubelle destinée au recyclage.

– Le père de Loop était dresseur de chevaux, et il est au chômage maintenant. Je pensais parler de lui à papa, ajouta-t-il.

– Dresseur… Pour un cirque ? s'étonna Izia.

– Eh oui. Dingue, non ? Le hasard, quel truc de fou. Le père de mon meilleur ami travaillait dans un cirque, et apparemment, il adorait son métier.

– Tu veux dire qu'il ne maltraitait pas les chevaux ?

– Pas du tout. Il les aimait et y tenait comme à la prunelle de ses yeux. Ça a été très dur, pour lui, de ne plus pouvoir être avec eux.

– Parce que le cirque a fermé ?

– Bien obligé. Ils rencontraient trop de problèmes au quotidien…

– La solution ? Plus de cirque animalier ! s'exclama Izia. Ça ne devrait plus exister, ces endroits-là ! Les animaux ne sont pas des robots ou des machines à fric !

– Ce n'est pas aussi simple. En France, c'est visiblement une tradition, répliqua Jawau. Je suis contre aussi, évidemment…

Il esquissa une grimace, l'air songeur.

– Mais les spectacles avec des animaux disparaissent peu à peu, c'est sûr, et ces animaux-là pourront venir chez nous !

Chez nous ? « Maintenant, Jawau se sent chez lui, à Valrêve », pensa Izia.

Elle-même avait encore du chemin à parcourir avant d'éprouver ce sentiment.

– Parce qu'ils ne peuvent aller nulle part ailleurs, ni dans des zoos, ni dans la nature, soupira-t-elle. Au moins, ici, ils sont soignés, ils sont tranquilles.

– Oui… J'avoue que oui. Au début, quand on est arrivés à Valrêve, j'en doutais, mais aujourd'hui, je vois bien que c'est un endroit magnifique et utile. Ikta rejoint Tusk cet après-midi, tu sais ? poursuivit Jawau. L'opération a réussi, elle est en forme, et nos beaux loups pourront de nouveau cohabiter sans se battre !

– Sauf s'ils cachent une hyène intérieure, plaisanta Izia. Comme dans l'histoire que le vieux sapajou nous a racontée.

Jawau éclata de rire.

– Bien vu. La hyène est toujours en colère… parce qu'elle a toujours faim ! Tu te souviens de la petite hyène que Youssoufa et papa ont sauvée d'un piège ?

Izia acquiesça, se remémorant l'épisode où leur père et l'un de ses assistants vétérinaires avaient tout tenté pour tirer d'affaire un bébé hyène emprisonné dans un affreux tourbillon de fils barbelés laissés par des braconniers en pleine savane. L'animal était resté en plein soleil, ainsi paralysé, pendant des heures. Leur père et Youssoufa l'avaient libéré, emmené à la clinique de Wild Field, et soigné. Quelque temps plus tard, dans son enclos, la petite hyène réhydratée, ses blessures suturées, avait dévoré un bon kilo de viande ! Puis elle s'était mise à grogner et à glapir férocement contre tout le monde, signe qu'elle avait bel et bien repris du poil de la bête.

– Il y en a eu beaucoup, des histoires de ce genre, là-bas. Ici, c'est quand même plus calme, remarqua-t-elle.

– Tout est différent, très différent…

À ce moment-là, on frappa à la porte d'un coup précipité. Jawau échangea un coup d'œil avec Izia.

– Tu attends quelqu'un ?

– Non, et toi ?

– Personne, dit Jawau en se levant. Hé, ça a l'air urgent !

Les coups redoublaient, tels des martèlements.

– Oui, oui, j'arrive !

Intriguée, Izia suivit Jawau du regard tandis qu'il allait ouvrir. Il disparut de sa vue et, l'espace d'un instant, malgré elle, elle imagina le pire. C'était la police, ou une ambulance… Leur père avait eu un accident sur l'autoroute qui conduisait à l'aéroport…

– Quoi ? C'est vrai ? s'écriait joyeusement Jawau.

– Si je le dis ! J'ai aussitôt couru pour vous l'annoncer, à Izia et à toi en premier !

Dans sa confusion, Izia reconnut la voix de Kenji, vibrante d'enthousiasme. Que se passait-il ?

– Izia, viens ! appela alors son frère. Grouille !

– Minute colibri ! répliqua Izia en remettant son attelle.

– Papillon. Ici, on dit « minute papillon » ! lança Kenji depuis l'entrée.

Papillon, colibri… Elle s'en moquait. Un flot d'émotions contradictoires l'envahissait. La perspective de se retrouver face à lui, là, tout de suite, l'énervait. En même temps, qu'elle le veuille ou non, elle serait contente de le revoir… Très contente.

Le cœur battant, elle clopina jusqu'à l'entrée en se composant un visage qui – espérait-elle – exprimerait son plus profond ressentiment. Sourcils froncés, lèvres pincées. Oui, voilà, parfait. *Comme quand maman était en colère contre papa.* Cela se voyait à des kilomètres. Comme le nez au milieu de la figure. Kenji ne devait surtout pas croire qu'elle lui avait pardonné. Même s'il avait agi bêtement, par mégarde… Involontairement… Et par amour. *Drôle d'amour, alors.*

– Salut, Izia… J'ai une très bonne nouvelle, déclara Kenji en ébauchant un sourire un peu timide.

Elle croisa son regard bleu, et son pouls s'accéléra follement. À croire qu'elle venait de piquer un sprint.

– Laquelle ? interrogea-t-elle à contrecœur.

– Ce sera une surprise, intervint Jawau, le regard malicieux. On y va !

– Où ? J'ai envie de rester au chaud, moi.

– Tu ne le regretteras pas, affirma Kenji en souriant de nouveau, plus franchement. C'est beau. Le genre de moment qu'on n'oublie jamais, précisa-t-il.

Sa curiosité piquée au vif, Izia enfila sa doudoune, son écharpe, et emboîta le pas à Kenji et à Jawau qui s'était également habillé à la hâte.

Ils sortirent. Le soleil brillait toujours, mais le froid demeurait piquant. Kenji marcha devant eux, sans doute pour ne pas leur imposer sa présence. Il avait compris que Jawau et Izia n'étaient plus ses amis. Acceptait-il la situation ? S'y résignait-il ?

Ils empruntèrent l'allée centrale du refuge et se dirigèrent vers la maison des lions. Kenji accéléra légèrement l'allure, Jawau aussi. Izia resta à la traîne quelques secondes, puis elle s'efforça d'avancer plus vite. Tiens, subitement, son genou semblait plus souple et moins douloureux ! Une petite voix moqueuse résonna alors dans son esprit. *C'est parce que Kenji est là…* Elle faillit rire toute seule tant l'idée lui paraissait absurde.

Dans le bâtiment régnait une agréable odeur de paille, comme toujours. Il faisait bon car les loges étaient chauffées en hiver.

Derrière Jawau et Kenji, Izia ne vit d'abord rien d'autre qu'un attroupement : Marco, Jérémie, Léa et Nadia se tenaient devant la loge de Gala.

– Waouh ! lança Jawau en les rejoignant. Waouh !

– Oui ! « Waouh » ! répéta Kenji. Trop bien, hein ?

Izia se faufila entre eux et, enfin, découvrit ce que tous admiraient. Dans leur loge, Tilly, Whyla, Gold et Samba contemplaient Gala en train de lécher Pitou à travers les barreaux ! Elle passait de grands coups de langue affectueux sur son petit corps amaigri, une manière de le réconforter, mais aussi de lui communiquer un genre de « Bonjour, toi, je suis là, on est là, tu n'es plus tout seul ».

Izia resta muette de stupeur et de joie mêlées. Oui, Gala voulait manifestement aider le pauvre lionceau à vivre !

– Papa sera trop content, murmura-t-elle, émue aux larmes.

– D'autant plus que ça libère une loge, dit Marco, pratique. On les mettra tous ensemble !

– Ce n'est pas trop tôt ? Les autres lionceaux ne seront pas jaloux ? s'inquiéta Kenji.

– Si leur mère accepte Pitou, ils l'accepteront. C'est elle qui décide !

– Exactement, affirma Léa. Gala est prête à adopter Pitou !

– Il aura une maman et une vraie vie de lion, maintenant, renchérit Jérémie.

– C'est ce qu'on appelle le miracle de la nature, commenta Nadia. On voit parfois de l'entraide entre différentes espèces animales, mais là, c'est différent puisque Gala a déjà son clan, sa tribu…

– C'est carrément de la solidarité, compléta Marco. Une solidarité instinctive ! Parfois, les animaux peuvent s'entre-tuer pour survivre et se reproduire – vous avez vu avec Tusk et Ikta ! –, mais à d'autres moments, ils se donnent le meilleur d'eux-mêmes. Gala n'a visiblement pas peur que l'arrivée de Pitou bouleverse l'équilibre de la troupe, ajouta-t-il en désignant la lionne qui venait de se coucher contre le lionceau.

– Parce que Pitou est bébé et que la famille de Gala est solide, fit remarquer Léa. Elle sait qu'elle peut compter sur Tilly et ses trois grands ! Ils vont bien, donc elle peut être disponible pour Pitou. C'est top.

– Génial ! Une leçon de vie pour nous autres, misérables humains, ajouta Kenji d'un drôle de ton.

Tous le contemplèrent avec la même surprise.

– Tu es devenu sage, toi aussi ? plaisanta Marco.

– Pourquoi « moi aussi » ? répliqua Kenji.

– Parce que j'en connais un autre qui philosophe souvent…

Et Marco désigna Jawau en souriant.

– Peut-être qu'un jour nous nous retrouverons avec deux soigneurs-philosophes à Valrêve ! lança gaiement Nadia. Antoine en serait ravi ! Pour lui, soigner, ce n'est pas seulement administrer des médicaments ou accomplir des gestes qui sauvent, c'est avant tout un état d'esprit. C'est ce que j'apprécie tant chez lui. Il n'est pas comme le Dr Spiron qui ne pensait qu'au profit.

Izia échangea un rapide coup d'œil avec son frère. Malgré son enthousiasme face au magnifique spectacle que leur offraient les lions, elle ne put s'empêcher de ressentir un pincement au cœur en imaginant la complicité grandissante entre leur père et Nadia. *Mais il faudra bien l'accepter un jour… Peu à peu… Plus tard…*

Refusant de se poser des questions maintenant, elle reporta son attention sur les félins. Pitou venait de se rouler sur le dos, les quatre pattes en l'air, adoptant une position qui exprimait l'abandon, la confiance et le bien-être. Il le méritait bien… Ô combien !

– Bienvenue, Pitou, murmura-t-elle. Une nouvelle vie commence pour toi !

*
**

Quadruple surprise

Le détecteur de métaux ne fonctionnait pas. Jawau appuya encore sur la touche *On*, mais rien ne se produisit. Pas même un bip.

– Tu vois, le vieux sapajou nous a bien eus, lança Izia d'un ton moqueur.

Joyeux comme rarement depuis leur arrivée en France, ils étaient rentrés à la maison et attendaient à présent le retour de leur père… avec Fati et Mamouna ; qui ne devraient plus trop tarder.

– Mais non… La batterie n'est pas chargée, c'est tout, comprit Jawau en consultant l'écran à affichage digital de l'appareil. J'ai dû mal enclencher le système, ajouta-t-il en branchant de nouveau le chargeur.

Il jeta un coup d'œil à Izia qui câlinait Yakou sur ses genoux. Le vieux chat ronronnait tranquillement. Piou et Red jouaient un peu plus loin, toujours aussi foufous. Ils le resteraient encore longtemps ! Perché sur la poutre de la cuisine, Bakota contemplait la scène d'un air étonné. En vérité, à cause de ses yeux immenses, tout ronds, le lémurien semblait toujours surpris.

Jawau ouvrit le réfrigérateur et en sortit du pâté pour lui, et du beurre de cacahuètes pour sa sœur.

– Tu as faim ?

– Oh oui ! J'ai donné du foin à Réglisse avant qu'on aille voir Pitou, et je n'avais pas pris de petit déjeuner. Je mangerais un bœuf entier, plaisanta Izia.

Jawau éclata de rire.

– Qu'est-ce que tu pourrais dire à la place, toi ? J'avalerais tout un champ de soja ?

– Euh… Une tonne de tofu ? s'esclaffa Izia. Franchement, toi, mon grand frère, tu n'as jamais, jamais eu envie de devenir végétarien ? poursuivit-elle.

– Non, ma petite sœur, pas jusqu'à présent, en tout cas. Un jour peut-être… Mais ne me parle pas de ça pendant que je me prépare un sandwich avec cet excellent pâté de campagne aux cèpes que Nadia nous a acheté !

– Beurk ! Tu sais ce que ça contient ? Des boyaux, de la poitrine de cochon, imagine cet animal rose aux petits yeux intelligents et…

– Stop !

Jawau posa le bocal de beurre de cacahuètes sur la table avec fracas, puis le pain et le paquet portant le nom du boucher du coin.

– Pourquoi tu veux me dégoûter ? s'énerva-t-il.

– Tu es sérieux, là ? Pourquoi ? Tu veux savoir pourquoi ? insista Izia, un éclat farouche au fond du regard. Tu connais les conditions d'élevage et d'abattage des porcs ? La manière dont on engraisse les truies pour qu'elles ne cessent jamais de mettre des petits au monde, jusqu'à épuisement ? Ils ne voient jamais le jour et…

– Arrête ! cria Jawau.

Toute plaisanterie avait disparu de leurs propos.

Ce n'était pas la première fois qu'ils se disputaient au sujet de leur alimentation.

– Je respecte tes convictions, alors respecte les miennes, ordonna-t-il.

Izia le dévisagea, une lueur de défi au fond des yeux.

– Maman ne les partageait pas.

– Elle avait ses raisons.

– Justement. J'ai les mêmes.

– Impossible. Tu n'es pas elle ! Même si tu lui ressembles.

– Toi aussi, tu lui ressembles !

Yakou sauta des genoux d'Izia, qui s'agitait en parlant. Le chat fila dans une autre pièce, au calme. Entre Jawau et Izia, la tension grimpait de manière presque tangible.

– Ce n'est pas pour ça qu'il faut que je sois végétarien. On est libres de choisir, non ? Chacun fait comme il veut. On respecte nos valeurs, nos différences et…

– Bla-bla-bla, coupa Izia, provocatrice.

Surpris, Jawau contempla sa sœur. À cet instant, s'il l'avait dessinée, il aurait esquissé de la fumée sortant de ses narines. Sourcils froncés, lèvres pincées… Elle était furieuse.

– OK, espèce de bourrique, il vaut mieux cesser cette conversation qui ne mène nulle part, décida-t-il.

Il prit la moitié d'une baguette, du pâté, un couteau, et se dirigea vers sa chambre, traversant le salon au milieu duquel trônait un sapin de Noël superbement décoré. Quand Izia faisait sa tête de mule, il était impossible de discuter calmement… D'autant qu'il devinait déjà les arguments qu'elle lui livrerait d'un ton exalté, presque autoritaire. Il les connaissait et au fond de lui-même, il les trouvait justifiés. Mais pour rien au monde il ne l'aurait admis. Pas maintenant, du moins. Là, il avait un appétit… de loup !

Une fois dans la pièce, il ferma la porte et poussa un profond soupir en voyant les cartes de Noël sur son bureau. Il faudrait qu'il les remplisse, qu'il écrive… Une corvée, pour lui ! Il avait aussi prévu des cadeaux. Un joli licol pour Izia, destiné à Réglisse. Il était prêt à parier qu'au fil du temps sa sœur réussirait à apprivoiser totalement la vieille ânesse. Pour son père, il avait pensé à un CD de musique douce et relaxante, à diffuser dans la clinique vétérinaire. « Si on est tranquilles, les animaux le sentent et on les soigne mieux », répétait

Antoine. Et que trouverait-il pour Hugues et Madeline ? Et Nadia ? Et Fati ? Et Mamouna ?

Il y réfléchissait quand, par la fenêtre, il aperçut la voiture de son père. Ce dernier ouvrait la portière à une vieille Africaine.

Un cri de joie lui échappa, à tue-tête :

– Hourra ! Youhou ! Ils sont làààà !

– Hein ? s'écria Izia depuis la cuisine. Tu es sûr ?

Oubliant son futur sandwich, Jawau courut retrouver sa sœur dans la cuisine.

– Grouille-toi !

– Attends-moi !

Ils enfilèrent leurs anoraks à la hâte et sortirent en claquant la porte derrière eux.

Des voix féminines enjouées, rieuses, s'élevaient de l'autre côté de l'habitation. Jawau reconnut aussitôt, avec émotion, celles de Fati et de Mamouna.

Izia s'accrocha à son bras pour marcher plus vite. Ils se dirigèrent vers le parking privé des deux résidences de Valrêve, encore recouvert de neige presque immaculée à cette heure.

– Coucou ! s'exclamèrent-ils en chœur.

Une femme d'une cinquantaine d'années, en boubou jaune et vert, les épaules drapées d'un épais châle de laine rouge, se tourna vers eux. Une autre femme, bien plus âgée, également en tenue traditionnelle, était en train de sortir du véhicule, aidée par Antoine : leur grand-mère !

Fati ouvrit grands ses bras, un large sourire aux lèvres. Jawau et Izia s'y précipitèrent en même temps.

Jawau huma la peau gorgée de soleil de leur nourrice, son parfum épicé de noix de cola, typique de là-bas. Izia, quant à elle, sanglotait de bonheur en murmurant des mots incompréhensibles.

Ils restèrent ainsi un long moment, enlacés, jusqu'à ce qu'une voix majestueuse s'élève :

– Mes petits, alors, et moi ?

– Mamouna ! s'écria Izia.

Ils enlacèrent affectueusement leur grand-mère dont le visage creusé de quelques rides profondes semblait éternellement jeune. Comme celles de Fati, ses prunelles chocolat brillaient d'une lueur vive, pétillante de tendresse.

– Que c'est bon de vous voir, mes petits sucres d'amour… répétait Mamouna en les étreignant l'un et l'autre avec une fougue étonnante pour une personne de son âge.

L'espace d'un instant, Jawau se perdit dans ce contact maternel, enfouissant le visage comme un jeune enfant contre la poitrine de la vieille femme. Izia agissait de même. Et Fati les rejoignit, les enlaçant également avec ferveur. Ils se blottirent les uns contre les autres, avides de se retrouver, encore et encore…

Puis, tout à coup, un éclat de rire cristallin s'éleva, suivi d'un « chut ! » vigoureux lancé par leur père. Du coin de l'œil, Jawau aperçut alors une paire de baskets blanc et rouge qui foulaient la neige.

Des baskets ?

Il s'écarta doucement de Fati et Mamouna et… un hoquet de surprise lui échappa.

Devant lui se tenait un adolescent grand, mince, à la peau ambrée et aux cheveux frisés noirs recouverts d'un bonnet vert, jaune et rouge. *Jim ?*

– Je rêve ? balbutia-t-il.

Un immense sourire fendit le visage de son meilleur ami.

– Même pas ! J'ai eu envie de découvrir ta nouvelle maison… Et je ne suis pas venu seul, ajouta Jim en jetant un coup d'œil complice à Antoine.

Une fille de l'âge d'Izia descendait de voiture. Sous sa capuche, sa chevelure noire s'ornait d'une multitude de fines tresses qui encadraient joliment son visage brun.

– Idrissa ? Pince-moi, Jawau ! murmura Izia.

– Pince-moi, toi aussi !

Le prenant au pied de la lettre, Izia lui saisit la joue entre le pouce et l'index. Jawau l'imita aussitôt.

– Aïe ! s'exclamèrent-ils à l'unisson.

– On peut en déduire que vous êtes bel et bien réveillés, tous les deux, observa leur père d'un ton amusé.

Jim et Idrissa éclatèrent de rire. Puis Izia courut se jeter dans les bras de sa meilleure amie tandis que Jawau échangeait une série de checks enthousiastes avec Jim.

– Merci, papa. Tu nous as fait le plus beau cadeau du monde ! lança Izia d'une voix tremblante d'émotion.

– Oui, ma chérie, nous en avions bien besoin, répondit Antoine, visiblement bouleversé, lui aussi. Il faudra également remercier Hugues. C'est lui qui a offert les billets d'avion de Jim et d'Idrissa.

Les prunelles d'Izia se dilatèrent comme celles d'un chat.

– Hein ? C'est vrai ? Cooooool de sa part… Maintenant, je serai obligée de l'appeler « Hugues », conclut-elle en croisant le regard de Jawau.

– Si je ne m'abuse, c'est le nom de mon cousin, non ? souligna Antoine, perplexe.

– Oui, mais…

– Ne cherche pas à comprendre, papa, c'est une blague entre nous, intervint Jawau. En tout cas, merci pour cette merveilleuse surprise ! Ça me réchauffe tellement le cœur que je n'ai même plus froid ! ajouta-t-il en déboutonnant son blouson.

– Ta-ta-ta-ta, couvre-toi, mon grand, sinon tu risques d'attraper un rhume ! Ici, c'est le pôle Nord ! gémit Fati. Je crois que je n'ai jamais autant grelotté de ma vie… Et pourtant, il y a plusieurs épaisseurs sous ma robe !

– Venez vite vous mettre au chaud, invita Nadia, en les rejoignant à ce moment-là d'un pas rapide. J'ai préparé du thé à la menthe, des pâtisseries au miel… et un bon feu de cheminée ! Hugues et Madeline nous attendent.

Jawau avança vers les maisons. Jetant un coup d'œil par-dessus son épaule, il vit qu'Izia et Idrissa bavardaient à bâtons rompus. Quoi qu'il se passe à présent, sa sœur ne serait plus seule. Du moins pour l'instant. Soulagé, il se mit à trottiner sur la neige, opérant quelques glissades, et aussitôt, Jim lui emboîta le pas, au même rythme. Comme à Wild Field, quand ils partaient dans la savane, en plein soleil ou sous la pluie. Il regarda son ami et lui tendit la main, ouverte vers le ciel.

– Je suis trop content que tu sois là, Jimmy… Trop content !

En souriant, Jim lui tapa énergiquement le creux de la paume. Avec son bonnet de laine tricolore enfoncé jusqu'aux yeux, on ne le reconnaissait plus ! Et pourtant, c'était bien lui. James, alias Jim le casse-cou. Tiens, il s'entendrait bien avec Loop !

Et à lui, je pourrai parler de mon secret avec Gala !

– Moi aussi… Tu m'as manqué ! Alors, quand est-ce qu'on part chercher le trésor dont tu m'as parlé dans tes e-mails ? Je ne suis venu que pour ça, je te signale… Pas pour toi, qu'est-ce que tu crois !

Jawau se mit à rire.

– Je m'en doute… Tu ne t'intéresses qu'à l'argent ! Sérieusement, reprit-il, on ira en forêt tout à l'heure, après le déjeuner. Allez, on fonce ? Le premier arrivé a gagné !

Sauf qu'ils avaient toujours couru exactement à la même vitesse…

*
**

La clé du secret ?

Caché derrière le volumineux tronc d'un chêne centenaire, derrière la grille qui marquait la limite entre la forêt et le refuge, Kenji contemplait la famille Beaucaire. Le groupe marchait en direction de la grande bâtisse au toit de chaume. Oui, bien sûr, ils se rendaient chez Hugues et Madeline. Izia tenait le bras d'une fille à la peau noire, d'un noir qui contrastait magnifiquement avec la blancheur de la neige, comme sur le symbole du yin et du yang. Izia était belle… et son amie aussi. Jawau, quant à lui, venait de commencer une bataille de boules de neige avec un garçon à la peau également foncée, élancé telle une liane. De toute évidence, ils venaient de retrouver leurs amis du Kenya.

Ainsi que leur famille. De part et d'autre d'Antoine, qui leur tenait affectueusement le bras, deux femmes avançaient à pas prudents.

De l'endroit où il se trouvait, Kenji entendait parfaitement leurs éclats de voix, animés et joyeux.

Son cœur se serra.

Même Marco s'apprêtait à rejoindre la tribu Beaucaire. À cet instant, son oncle, accompagné de Léa et Jérémie, se dirigeait vers eux et tous serrèrent chaleureusement la main de Fati et de Mamouna.

Jamais il ne s'était senti aussi seul… aussi incompris.

Kenji serra machinalement les poings. Ce n'était pas juste. Il avait cru bien faire, il avait voulu bien faire, mais... Mais tout s'était retourné contre lui ! Et maintenant, c'était Noël, ils allaient s'amuser alors que lui, il resterait dans son coin, oublié de tous…

Des larmes de dépit lui piquèrent les yeux, brûlantes à cause du froid sec. Sa gorge était tellement nouée qu'il n'aurait pas pu articuler un son. Comment agir ? Comment changer le cours des choses ? Il voulait retrouver ses amis, surtout Izia, et que tout soit de nouveau comme avant...

Mais à cet instant, ce revirement heureux lui semblait complètement impossible.

Alors, peu à peu, l'idée s'insinua dans son esprit. Capucine avait osé, et plus d'une fois. Pourquoi pas lui ? Sauf que contrairement à sa sœur et à Izia, il s'organiserait pour que cela fonctionne… Disparaître longtemps pour qu'ils aient tous peur et se rendent compte qu'ils tenaient à lui.

Il ne craindrait rien puisqu'il partirait avec Skill…

Déterminé, Kenji croisa le regard attentif de son chien, sagement assis à côté de lui. Ses yeux dorés et perçants, aussi intenses que ceux d'un loup, exprimaient autant d'impatience que d'affection. Il sourit. Avec lui, n'irait-il pas au bout du monde ? Oh que oui…

– On y va ! lui souffla-t-il.

Le berger lui emboîta le pas tandis que Kenji se dirigeait vers la forêt. Skill remuait allègrement la queue, comme à chaque fois qu'ils se promenaient. Ils longèrent la grille puis atteignirent la zone dévastée par le chantier, l'endroit où d'autres enclos seraient construits. Des enclos pour lions. Valrêve s'agrandirait.

Peut-être sans moi. Bien fait pour eux.

Aucun ouvrier n'étant présent pour le moment – à l'approche de Noël, eux aussi bénéficiaient de vacances bien méritées –, la neige avait recouvert les trois grands trous creusés par le bulldozer. Les fondations des futures loges des félins. Les monticules de terre accumulés autour ressemblaient à de mini-montagnes. *Une station de ski pour écureuils.*

Intéressé – et amusé malgré lui –, Kenji s'arrêta afin d'examiner le lieu, essayant de visualiser sa transformation une fois les travaux terminés. Davantage d'animaux seraient soignés et sauvés, et pas seulement des fauves ! Éléphants, loups, lamas, chameaux, ours, chevaux : toutes les espèces seraient bienvenues. « Valrêve, c'est vraiment comme une arche de Noé », songea-t-il, laissant son regard parcourir l'étendue neigeuse bouleversée par les coups de pelle et les tranchées.

Skill reniflait le sol, sans doute fasciné par les multiples odeurs inconnues qu'il devait détecter. Il gratta la neige, encore et encore, et Kenji ne résista pas à l'envie de former une belle boule et de la lancer vers son chien. Skill bondit, gueule ouverte, attrapant la neige qui se désagrégea immédiatement, s'éparpillant en poudreuse blanche.

Kenji ne put s'empêcher de rire. Il adorait jouer avec Skill... Il s'apprêtait à recommencer quand son regard fut attiré par un éclat argenté à quelques mètres d'une des fosses. Intrigué, il s'approcha, s'enfonçant dans la neige avant de parvenir sur une bosse constellée de pierres et de gravats enneigés. Il se pencha.

Et découvrit une clé.

Kenji la ramassa non sans peine – gelée, elle était collée à un tas de cailloux neigeux – et essuya le métal glacial. Sans rouille, toutefois.

Cette clé ressemblait à celle du portail de la forêt qu'il avait perdue une fois, et qui avait été retrouvée par le père de Jawau et d'Izia. Mais elle était plus grande, plus massive, et ornée d'une sorte de blason aux motifs ternis, érodés. On distinguait toutefois une feuille dentelée et la tête d'un animal à cornes. Un chevreuil ? Un sanglier ? Quant à son métal, il ne paraissait pas ordinaire. De l'argent ? Oui, peut-être bien, un vieil argent abîmé par le temps...

Par les siècles ?

Aussitôt, Kenji pensa au trésor de Valrêve. Il reporta son attention sur les excavations entreprises par les ouvriers. Peut-être que ce que la famille Payens cherchait depuis si longtemps se trouvait enfoui là ! Cette mystérieuse clé avait dû être déterrée pendant les travaux... Oui, c'était sûrement un indice ! Parce qu'elle était ancienne, très ancienne... Médiévale, même... *Comme les Templiers !*

– Skill ! Viens !

Enthousiaste, oubliant sa rancune et sa résolution initiale, Kenji fit demi-tour et partit en courant vers la maison d'Hugues et de Madeline. Il serrait sa trouvaille dans le creux de sa main. À côté de lui, son berger sautait gaiement dans la neige.

Je vais leur apporter la clé et on va retourner chercher ensemble. Tous ensemble !

À présent, Kenji n'éprouvait qu'un désir : poursuivre les recherches avec Izia, Jawau, et... ils réussiraient. Oui, ils découvriraient le trésor de Valrêve !

– J'ai raison, hein, mon Skill ?

En guise de réponse, le chien-loup lança un jappement joyeux.

CHAPITRE 5

Tous pour un, un pour tous

Multicolore, le sapin étincelait joliment à côté de la belle cheminée où flambaient des bûches. Tout le monde était là pour ce premier repas de Noël organisé dans la grande maison des Payens : Hugues et Madeline, Antoine et Nadia, Jim et Idrissa, Mamouna, Fati, Marco et Izia.

Jawau promena un regard ému sur l'assemblée. Comme pour compléter le tableau à la perfection, Bakota, Yakou, Piou et Red dormaient sur le vaste coussin posé par terre. Tous ensemble. Du jamais-vu. Les chatons s'étaient lovés contre le vieux lémurien et le chat d'Izia. « Il ne manque plus que Kenji et Skill », songea-t-il. Où était donc passé le neveu de Marco ?

Les bavardages allaient bon train pendant qu'ils dégustaient le copieux apéritif concocté par Madeline, Hugues et Nadia. Champagne, jus de pomme pétillant et jus de fruits coulaient à flots accompagnés de chips, cacahuètes et « gnamagnamas » : les petits mets et autres amuse-gueules qui se croquaient avec gourmandise. Fati employait ce mot rigolo.

– C'est comment à Wild Field, maintenant ? Raconte ! demandait Izia à Idrissa.

– Chaud... Il fait super-chaud ! Comme toujours... Et vous manquez aux animaux, ajouta Idrissa.

– Comment tu le sais ?

– À ton avis ? Je suis comme toi, je leur parle !

En guise de réponse, Izia éclata de rire.

– Nous sommes si heureux que vous soyez là ! assurait Nadia à Fati et à Mamouna. Les enfants vous attendaient avec une telle impatience !

– « Impatience » est l'adjectif juste, confirma Antoine en prenant la main de Nadia dans la sienne. Même s'ils ne savaient pas que vous seriez tous avec nous...

– Oh, votre présence est notre plus beau cadeau de Noël ! s'exclama Izia, les yeux emplis de joie.

– Ça l'est aussi pour nous, ma petite-fille, affirma affectueusement Mamouna. Mais il faut remercier monsieur Payens. Sans lui, ce voyage aurait été impossible ! Et l'avion... Ouh !

Elle laissa échapper un rire sonore, profond et généreux, qui fit frissonner Jawau. Ce rire-là, c'était celui de « son » Afrique, de son enfance, de la Terre des Lions qu'il espérait fouler de nouveau un jour...

Croisant le regard d'Izia, il devina que sa sœur pensait la même chose. Elle semblait si heureuse... et rêveuse. Aux anges.

À ce moment-là, dans le hall, la porte d'entrée claqua, puis des bruits de pas précipités s'élevèrent. Skill, le chien de Kenji, fit soudain irruption dans le salon, des flocons sur le bout de la truffe comme s'il venait d'enfouir le museau dans la neige. Aussitôt, Piou et Red bondirent et détalèrent avec affolement.

– C'est malin ! grommela Hugues. Qu'est-ce qui...

– Bonjour ! l'interrompit alors Kenji en paraissant à son tour sur le seuil de la pièce.

Tous les regards se braquèrent sur lui. Du coin de l'œil, Jawau vit Izia froncer les sourcils.

– Kenji ? Je croyais que tu étais reparti chez tes parents, s'étonna Marco. Il y a un problème ?

– Non... Non, pas du tout !

Mais Kenji avait les joues rouges et les yeux brillants comme s'il avait de la fièvre.

– Tu es sûr ? insista Marco.

– Mais oui, tonton. Je voulais rentrer à la maison sauf que... euh...

Il plongea une main dans la poche de son blouson et en extirpa la grande clé qu'il brandit d'un geste victorieux.

– Vous avez vu ? J'ai pensé à ce que vous cherchez, vous savez ? C'est peut-être cette clé qui vous y mènera !

– Oui, effectivement, c'est une clé, répéta Marco d'un ton légèrement irrité. Excusez mon neveu, il est ici comme chez lui, poursuivit-il à l'intention de Mamouna et de Fati.

– Pas de problème, répliquèrent les deux femmes en chœur, l'air amusé.

– Montre-moi ça, intervint Hugues en se levant, la main tendue vers Kenji.

Le garçon lui donna la clé. Un silence total s'établit pendant qu'Hugues l'examinait, l'air intéressé.

Très intéressé.

– Ce sont les armoiries de la famille qui sont gravées dessus, murmura-t-il d'une voix légèrement tremblante.

– Mon Dieu... C'est le blason des Payens ! Comme ici, sur le linteau de la cheminée, expliqua Madeline en observant à son tour la découverte de Kenji. Feuille de chêne et tête de sanglier entrecroisés.

– Je me disais bien ! s'exclama Kenji, triomphant. Waouh !

– Où l'as-tu dénichée ? interrogea Hugues.

– Près du chantier. En fait, à côté d'un des trous creusés par le bulldozer.

Hugues hocha la tête et se tourna vers Antoine, l'air très troublé.

– Se pourrait-il que...

– ... ce soit un indice ? compléta Antoine. Va savoir... Rien ne nous empêche d'effectuer des fouilles archéologiques avant de bâtir les fondations des enclos.

– Exactement ! renchérit Kenji. D'autant que les excavations sont déjà faites. Il n'y a plus qu'à continuer avec le détecteur !

Izia le dévisagea avec surprise.

– « Excavations » ?

– Oui, on dit comme ça, je crois. Je suis passionné d'archéologie, continua Kenji d'un ton animé.

– On le voit... Bravo ! ajouta Izia en souriant. Grâce à toi, on va peut-être trouver le fameux trésor !

Kenji la regarda et sourit à son tour.

– On ira ensemble ? Tous ensemble ?

– Mais oui ! répondirent Izia et Jawau à l'unisson.

– Merveilleux... C'est merveilleux, extraordinaire, incroyable, inouï ! Le vocabulaire me manquerait presque ! avoua Hugues, bouleversé, en ébouriffant sa chevelure grise. Cette clé doit dater de l'époque où la propriété abritait une commanderie templière. Je suis certain qu'elle nous mènera sur une vraie piste !

Il tapa la paume de la main de Kenji.

– Félicitations, mon petit gars. Tu es notre héros du jour ! Reste manger avec nous.

– Je te présente notre grand-mère et notre nourrice adorées, reprit Izia à l'adresse de Kenji. Je t'ai beaucoup parlé d'elles, tu te souviens ? Et voici Idrissa, ma meilleure amie.

– Et Jim, mon grand ami de Wild Field, ajouta gaiement Jawau.

Kenji échangea des accolades et des bises. On lui apporta un verre de jus de mangue et les bavardages repartirent de plus belle.

Jusqu'à ce qu'un grand cri s'élève de la cuisine. C'était Madeline. Elle revint dans le salon, l'air catastrophé.

– Mon foie gras ! Skill a mangé tout mon foie gras ! se lamenta-t-elle en désignant le berger allemand d'un air furieux. Du foie gras végétal, en plus... Kenji, j'ignorais que ton chien était végétarien !

Un silence médusé régna quelques secondes, puis, contre toute attente, Madeline éclata de rire... et tout le monde fit de même.

« IL N'Y A PAS DE GRANDS OU DE PETITS ANIMAUX »

Entretien inédit de l'auteure avec Paul de La Panouse, fondateur de la réserve africaine du château de Thoiry où les humains sont enfermés (dans leur voiture), et les animaux libres...[18]

Anouk Journo-Durey – *Des lions et des hommes* a comme origine une conversation que j'ai eue avec une soigneuse du parc de Thoiry, il y a quelques années. Une soigneuse qui s'occupait des tigres. C'était après le nourrissage et elle m'a parlé de sa passion pour les grands félins, ainsi que de sa patience pour aider l'un

18. Paul de La Panouse est, plus précisément, le fondateur des parcs animaliers du groupe Thoiry.

des tigres, une « saisie de cirque »[19], à s'adapter à sa nouvelle vie. Thoiry était devenu comme un refuge, pour ce tigre-là… Recueillez-vous toujours des animaux ?

Paul de La Panouse – On récupère parfois des animaux de cirque. On a recueilli une éléphante… Mais c'est très compliqué. On le fait de moins en moins pour les lions et les tigres. Le principal problème est qu'on ne peut pas les réintroduire dans leur habitat naturel : ils se feraient tuer.

AJD – On manque d'endroits spécialisés pour les accueillir.

PDLP – La différence majeure entre le cirque et le parc zoologique est que, nous, nous essayons de valoriser l'animal. Moins nous intervenons, plus grande est

19. Animal confisqué définitivement à un cirque, et placé ensuite là où c'est possible. Idéalement, un refuge comme Valrêve, mais il en existe vraiment très peu.

la réussite. On n'intervient que pour le « medical training »[20] et le nourrissage.

AJD – Le « medical training »... Même pour les lions ?

PDLP – Non, c'est inutile pour le lion : on l'anesthésie et on le réveille facilement. Mais dans la mesure du possible, on évite d'endormir un animal dont le réveil pose un problème. Par exemple, les éléphants. Seuls quelques vétérinaires ont le droit d'utiliser un très puissant et dangereux produit anesthésiant et son antidote pour le réveil. Le dosage est très délicat. De plus, l'éléphant ne doit pas être couché trop longtemps, sinon il étouffe sous son propre poids. D'où l'importance du « medical training » qui permet de donner des soins réguliers de confort, une pédicurie régulière des pattes par exemple, ou des soins occasionnels. Pour en revenir à cette différence essentielle de notre rapport aux animaux, dans le cirque, on annihile l'agressivité de l'animal, qui vit en milieu fermé,

20. Le « medical training » est le fait d'apprendre, à un animal sauvage, à accepter certains soins médicaux, d'hygiène ou d'entretien (par exemple, nettoyer les pieds d'un éléphant avec un puissant jet d'eau).

qui évolue dans une cage ronde. Dans le cirque, on valorise le travail de l'homme face à l'animal. Aujourd'hui, les numéros de domptage avec les animaux sauvages sont interdits dans un parc zoologique. On peut transformer l'intervention nécessaire d'apport de la nourriture en une séance pédagogique de nourrissage, mais comme on ne peut pas lâcher des chèvres pour que les lions les chassent, on propose un « goûter des lions » ! C'est un moment qui permet aux soigneurs de commenter aux visiteurs les comportements des animaux, et aux visiteurs d'interroger les soigneurs. Le vrai repas, les lions le prennent le soir, tranquilles... Le moment du nourrissage en public est un temps réservé au témoignage : les soigneurs témoignent de leur relation avec les animaux. Comment ils les soignent, comment ils les élèvent. Toutefois, ils sont conscients de ne pas tout savoir, ce sont les premiers à lire des livres pour continuer d'apprendre ! Ils sont passionnés. Être soigneur, c'est une vocation.

À propos de lions recueillis à Thoiry, je vais vous raconter une histoire qui s'est déroulée à une époque où, malheureusement, des photographes pouvaient se promener au bord des plages avec un lionceau pour proposer une photo – payante, bien sûr – aux vacanciers. Une fois que le lionceau grandissait, il était abandonné. Un jour, un homme a gardé le lion chez lui et l'a élevé dans son appartement. Le lion est devenu magnifique une fois adulte, mais dans le HLM, les voisins n'appréciaient pas trop sa présence... Cet homme m'a appelé pour me demander si j'accepterais de recueillir son lion, il ne voulait pas le placer dans un cirque. Je me suis laissé attendrir. Il est venu avec son lion, dans sa 2 CV où il n'y avait plus ni siège passager ni banquette arrière : le lion y était installé en « L », sa grosse tête à l'avant... Ah, il a eu du succès sur l'autoroute ! L'homme le sortait en laisse. Le lionceau, à dix-huit mois, se laissait faire. On l'a accueilli à Thoiry, et on a décidé de le mettre avec d'autres lions plus jeunes, pendant six mois. Au début, tout s'est bien passé. Mais le lion s'est fait tuer un an après, par les autres.

AJD – Il avait été trop imprégné par l'humain...

PDLP – Et il ne savait pas se battre. Dans la nature, aucun lion ne meurt « dans son lit ». Il meurt au combat. À dix-douze ans, il est tué par le plus jeune mâle. Il est beaucoup plus rare que les femelles soient tuées. Mais le mâle tue les petits mâles de sa descendance...

AJD – Instinct de survie. À votre avis, pourquoi le lion nous fascine autant ?

PDLP – La réponse a été donnée par le zoologue Desmond Morris. Nous les hommes, nous regardons les animaux selon notre regard et nos comportements et non selon les leurs. Le regard de tous les félins nous fascine car ceux-ci ont la pupille de l'œil relativement plus large que la nôtre. Or, chez les hommes comme chez les femmes, l'excitation sexuelle provoque une dilatation de la pupille de l'œil. Par ailleurs, parmi les grands félins, le lion est le roi des animaux car il est à la fois admiré et redouté, alors que le tigre, lui, n'est que redouté. Le lion a une crinière qui lui « aplatit » la face qui, du coup, paraît plus humaine que la gueule du tigre. Enfin, le lion est le seul félin qui ait, comme nous les hommes, une vie sociale.

AJD – Est-ce que Thoiry a pu réintroduire des lions en Afrique ?

PDLP – Oui... mais difficilement. Nous avons dû les entraîner à la chasse : on mettait des chèvres vivantes dans leur enclos, et la mère enseignait aux petits à chasser. À défaut, les lions ont leur instinct, mais ne possèdent pas de méthode pour chasser.

AJD – Est-ce que vous avez déjà tenu un lionceau dans vos bras ?

PDLP – Oui... J'ai fait cette erreur avec un lionceau de trois mois. J'ai été mordu...

AJD – Il ne faut pas de contact direct...

PDLP – Le moins possible. Au début, nos premiers soigneurs venaient du cirque. On ne pouvait pas les empêcher d'être proches de leurs lions. C'est comme ça qu'on a eu des « ligrons » : lions et tigres mélangés. Les lionnes commencent à se reproduire à dix-huit mois, mais à cet âge, elles ne sont pas complètement développées : soit elles n'ont pas encore l'instinct maternel (elles abandonnent leurs petits, ou les mangent), soit elles n'ont pas de lait. C'est la même chose avec les tigres. Souvent, la première portée est non viable. Monsieur Sylvy, qui fut notre premier responsable des fauves, affectionnait une jeune lionne… C'était sa favorite. Cette lionne a eu un bébé et ne s'en est pas occupée. Monsieur Sylvy a accueilli le bébé lion et l'a élevé au biberon chez lui. Imaginez l'état de son salon : plus de rideaux, plus de canapé… Sauf que la même situation s'est produite, à ce moment-là, avec un bébé tigre. On a décidé de créer un enclos pour eux. Ils ont joué ensemble. Puis le jeu a changé de nature, et un jour, des ligrons sont nés. Père lion et mère tigre. Ce sont des animaux magnifiques. Plus grands… Les hybrides sont plus grands… Aujourd'hui, on les euthanasierait.

AJD – Pourquoi ?

PDLP – On ne va pas créer de nouvelles races alors qu'on a déjà du mal à préserver celles qui existent ! À Thoiry, nous sommes contre le tigre blanc, par exemple. Même si ça représenterait quelque 50 000 visiteurs en plus par an...

AJD – Quelle est la particularité du tigre blanc, à part sa beauté ?

PDLP – Cette beauté est un fantasme esthétique pour les hommes et une tare pour les tigres. C'est une sélection, commencée par un maharadjah : il s'agissait de marier tous les tigres clairs entre eux pour créer une race de tigres blancs. Ça se pratique aussi pour d'autres animaux. Cela leur provoque de sérieux problèmes, de santé entre autres. On crée alors des espèces qui ne peuvent plus vivre sans l'homme.

AJD – Combien de lions avez-vous à Thoiry aujourd'hui ?

PDLP – On essaie de rester en dessous de 20. C'est toute une technique pour faire vivre des groupes de lions en semi-liberté. Ils ont leurs territoires. On les garde tant qu'ils sont physiologiquement en bonne santé, et qu'ils ne souffrent pas. Sinon, on aurait une vision égoïste. Les soigneurs des lions sont formés dans ce sens. On maintient en vie un vieux félin aussi longtemps que possible, quitte à ce qu'il reste seul. En revanche, on l'euthanasie dès que l'on constate une souffrance entraînée par un état incurable. À Thoiry, nous avons une gestion du cheptel animal sans sensiblerie. Nous sommes des puristes.

AJD – C'est-à-dire que vous aimez les animaux en les respectant... Si vous aviez un message pour nos lecteurs aujourd'hui, quel serait-il ?

PDLP – Pour moi, il n'y a pas de grands et de petits animaux... Toute forme de vie, dès qu'elle existe, est une merveilleuse perfection avec une fonction dans l'évolution unique, transitoire et irréversible. C'est très bien que les gens viennent admirer des animaux charismatiques[21], mais voyez-vous, ma fille a créé une arche

21. Charismatique : qui a du charisme, c'est-à-dire qui est beau, impressionnant. Comme le lion !

de Noé destinée aux petites bêtes, aux batraciens. Et c'est merveilleux. Les grenouilles bleues font rêver les enfants ! Autre message : plus je vieillis, plus je m'aperçois de la solidarité existant entre les hommes et les animaux, et entre les hommes et les plantes. Les arbres sont nos frères de sève et de sang...

Propos recueillis le 10 octobre 2017,
au château de Thoiry.

Le lion : une espèce menacée... autant que la biodiversité

Le lion mâle est doté d'une crinière qui pourrait évoquer le soleil, le « roi des astres ». Admiré et redouté à la fois, ainsi que le précise Paul de La Panouse, il est surnommé le « roi des animaux ».

Malheureusement, aujourd'hui, le « roi des animaux » est menacé. Entre 1993 et 2017, la population de lions sur la planète a baissé de 43 % ! En 2016, la planète ne comptait plus que 7 000 guépards et 35 000 lions africains[22]. C'est la « défaunation » : la diminution de la faune sauvage. Non seulement les grands félins sont touchés de plein fouet, mais les populations d'orangs-outans de Bornéo ont chuté de 25 % ces dix dernières années ; celles de girafes sont passées de 115 000 spécimens en 1985 à 97 000 en 2015... Les pangolins (petit mammifère à écailles) sont traqués et tués... Il n'en reste

22. Source : article signé Audrey Garric paru dans le quotidien *Le Monde* du 10/07/2017 (« La sixième extinction de masse des animaux s'accélère »).

presque plus du tout. L'éléphant et tant d'autres animaux sont en danger.

L'une des principales raisons est que leur habitat naturel se réduit terriblement. À cause de l'agriculture, de l'exploitation forestière, de l'urbanisation (la construction des villes), de l'extraction minière, mais aussi à cause de la chasse, bien sûr, et du braconnage (la chasse illégale pour rapporter des trophées, des défenses d'ivoire, etc.). Concrètement, les lions n'ont plus d'endroits pour vivre… sauf dans des réserves naturelles ou des refuges. Au départ prédateurs, ils sont devenus des proies de l'homme.

Le lion (*Panthera leo*), qui pèse entre 180 kilos et 240 kilos en moyenne, a besoin de 5 à 7 kilos de viande au quotidien, pas forcément chaque jour, mais c'est parfois très difficile : dans la savane, il mange en fonction des succès de sa chasse. Contrairement aux autres félins, c'est un mammifère grégaire : il aime rester en groupe, avec son clan familial. Dans la nature, le mâle vit entre huit et treize ans, et meurt souvent au combat.

La femelle vit plus longtemps, parfois jusqu'à 18 ans. En captivité, le lion peut théoriquement vivre plus longtemps puisqu'il ne se bagarre pas et ne chasse pas. Mais dans des enclos, est-ce une vie ? Un refuge tel que Valrêve propose une étape de transition vers une grande réserve naturelle africaine, où les animaux sauvages sont protégés.

REJOIGNEZ
LA COMMUNAUTÉ
LIRE EN GRAND
Conseils de lecture, infos,
extraits, concours...
TOUTE L'ACTUALITÉ
DES ROMANS FLEURUS !
YouTube
www.fleuruseditions.com/Romans

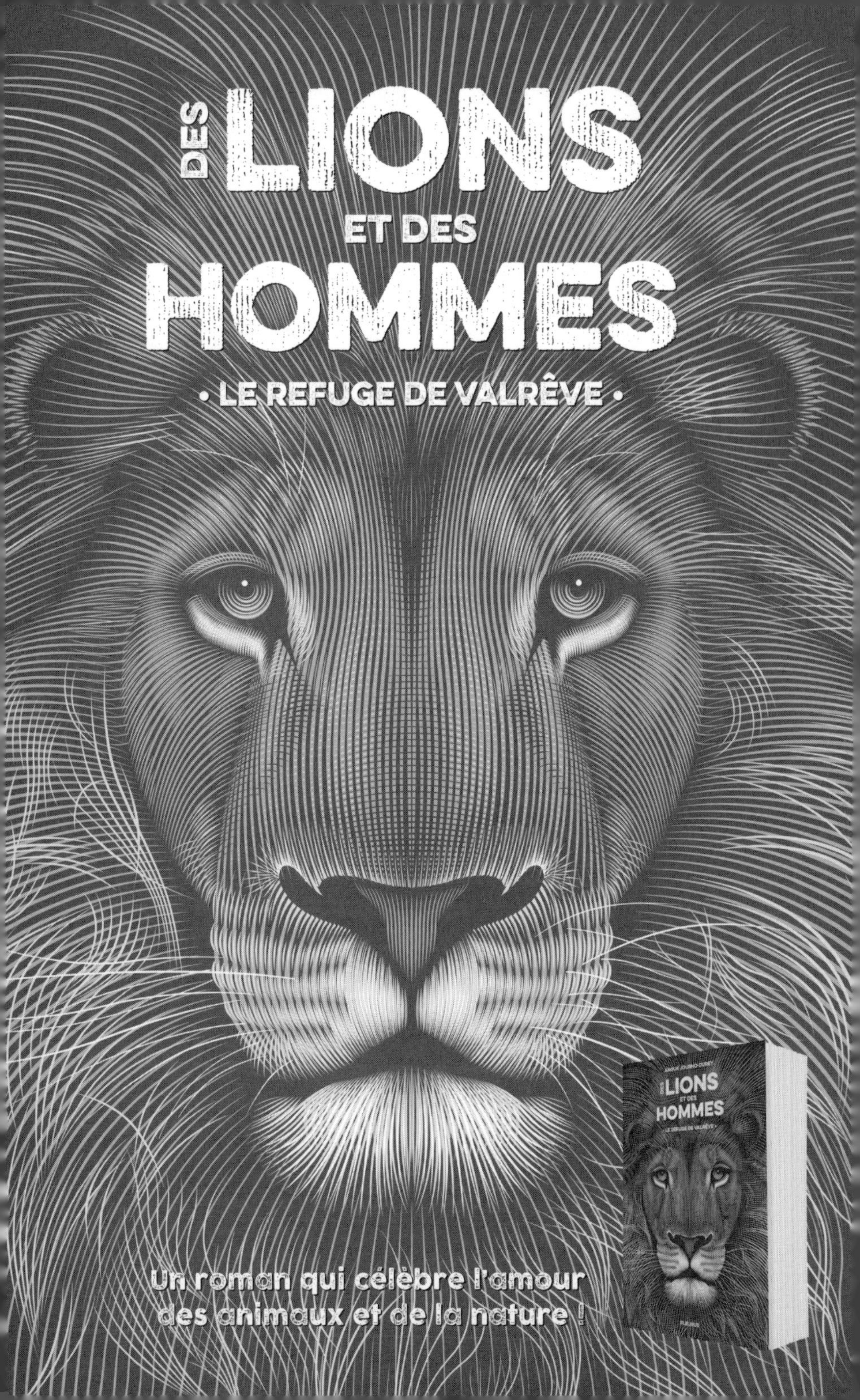
DES LIONS
ET DES
HOMMES
• LE REFUGE DE VALRÊVE •
Un roman qui célèbre l'amour
des animaux et de la nature !

Composition et mise en pages : Text'Oh

N° d'édition : J18142

Achevé d'imprimer en avril 2018 par Lego SPA, en Italie

Dépôt légal : juin 2018